中小学生
核心素养
发展丛书

新孩子的

华优秀传统故事

社会责任 卷

主　编◎朱永新

分册主编◎童喜喜

时代出版传媒股份有限公司
安徽少年儿童出版社

图书在版编目（CIP）数据

给新孩子的中华优秀传统故事.社会责任卷 / 朱永
新主编；童喜喜分册主编. — 合肥：安徽少年儿童出
版社，2022.2
　（中小学生核心素养发展丛书）
　ISBN 978-7-5707-1434-6

　Ⅰ.①给… Ⅱ.①朱… ②童… Ⅲ.①故事—作品集
—中国 Ⅳ.① I247.81

　中国版本图书馆 CIP 数据核字（2022）第 011909 号

ZHONG XIAO XUESHENG HEXIN SUYANG FAZHAN CONGSHU
中小学生核心素养发展丛书

GEI XINHAIZI DE ZHONGHUA YOUXIU CHUANTONG GUSHI　　SHEHUI ZEREN JUAN
给新孩子的中华优秀传统故事　　社会责任卷

朱永新 / 主编
童喜喜 / 分册主编

出版人：张 堃	项目统筹：白利峰　郝雅琴	责任编辑：郝雅琴
责任校对：江 伟	责任印制：郭 玲	装帧设计：梁思思

图文制作：杭州乐读文化创意有限公司

出版发行：时代出版传媒股份有限公司　http://www.press-mart.com

　　　　　安徽少年儿童出版社　E-mail:ahse1984@163.com

　　　　　新浪官方微博：http://weibo.com/ahsecbs

　　　　　（安徽省合肥市翡翠路 1118 号出版传媒广场　邮政编码：230071）

　　　　　出版部电话：（0551）63533536（办公室）　63533533（传真）

　　　　　（如发现印装质量问题，影响阅读，请与本社出版部联系调换）

印　　制：合肥杏花印务股份有限公司

开　　本：787 mm × 1092 mm　　1/16　　印张：12.5　　字数：160 千字

版（印）次：2022 年 3 月第 1 版　　　　　　　　2022 年 3 月第 1 次印刷

ISBN 978-7-5707-1434-6　　　　　　　　　　　　定价：29.80 元

| 丛书主编 |

总 主 编	朱永新	全国政协常委、副秘书长，新教育实验发起人，"中国教育三十人论坛"成员，"中国阅读三十人论坛"成员
《人文积淀卷》主编	王余光	北京大学信息管理系教授，教育部高等学校图书馆学教学指导委员会主任，中国图书馆学会监事长，"中国阅读三十人论坛"成员
《人文情怀卷》主编	文东茅	北京大学教育学院教授、前院长，北京大学社会科学学部副主任，中国教育发展战略学会副会长，"中国教育三十人论坛"成员
《审美情趣卷》主编	李西西	作家，新阅读研究所执行所长，"中国阅读三十人论坛"专项基金副主任，童书电影课创始人，中国全民阅读十佳推广人
《理性思维卷》主编	郭英剑	中国人民大学"杰出学者"特聘教授，中国人民大学首都发展与战略研究院副院长，中国人民大学外国语学院前院长，"中国阅读三十人论坛"成员

《批判质疑卷》主编	蓝 云	美国德州理工大学教育学院教授、前副院长，富布莱特学者，美国华裔教育研究与发展学会理事会成员，《国际教育研究》编委会成员
《勇于探究卷》主编	程介明	香港大学荣休教授，香港大学教育学院前院长，香港教师中心首届主席，哈佛大学教育研究院访问教授，"中国教育三十人论坛"成员
《乐学善学卷》主编	项贤明	南京师范大学教育理论与政策研究院院长，教育部人文社会科学重点研究基地北京师范大学比较教育研究中心前主任，中国人民大学教育学院学术委员会前主席，"中国教育三十人论坛"成员
《勤于反思卷》主编	王志庚	中国版本图书馆副馆长，国家图书馆少儿馆前馆长，"中国阅读三十人论坛"成员
《信息意识卷》主编	徐 雁	南京大学信息管理学院教授，中国图书馆学会阅读推广委员会副主任，"中国阅读三十人论坛"成员
《珍爱生命卷》主编	万毅平	美国纽约曼哈顿维尔学院终身教授，美中教育协会常务委员会原主席兼首席执行官，美国第一位华裔高等教育学院院长
《健全人格卷》主编	杨 佳	中国科学院大学教授，第十一、十二、十三届全国政协委员，哈佛大学肯尼迪学院"校友成就奖"获得者，"中国阅读三十人论坛"成员

《自我管理卷》主编　王　林	人民教育出版社编审，2006年"全国推动读书十大人物"，2015年"全国十大读书人物"，"中国阅读三十人论坛"成员
《社会责任卷》主编　童喜喜	儿童文学作家，教育学者，说写课程创始人，中国少年儿童文化艺术基金会"新孩子"专项基金发起人，"中国阅读三十人论坛"成员兼秘书长
《国家认同卷》主编　郭明晓	新阅读研究所常务副所长，新教育种子计划首席专家，新教育首席培训师，全国推动读书十大人物
《国际理解卷》主编　张明舟	国际儿童读物联盟主席，中国儿童文学研究会常务副会长，"生命树童书网"创始人，"中国阅读三十人论坛"成员
《劳动意识卷》主编　韦　力	著名藏书家，中国古籍保护协会民间收藏委员会名誉会长，"中国阅读三十人论坛"成员
《问题解决卷》主编　严文蕃	美国马萨诸塞大学波士顿分校国际比较教育研究院院长、终身教授，"中国教育三十人论坛"成员
《技术应用卷》主编　魏玉山	中国新闻出版研究院院长，全国政协委员，国家"万人计划"哲学社会科学领军人才，"中国阅读三十人论坛"成员

《社会责任卷》作者

王 芸　中国作家协会会员，一级作家。在《人民文学》等刊物发表作品两百余万字，出版长篇小说《对花》、散文集《此生》等作品近十部，获第二届林语堂文学奖等。

姚鄂梅　中国作家协会会员。著有《倾斜的天空》《我是天才》《像天一样高》《贴地飞行》等，获汪曾祺文学奖等，作品多次入选各类全国文学作品排行榜，并被译成英、俄、德等多国文字。

蒲灵娟　中国作家协会会员。出版《你是我的仙女》等童书十余部，获第三届中国图书奖、冰心图书奖、冰心儿童文学新作奖等。

于晓丹　笔名末晓，邯郸市作家协会会员。在《儿童文学》《少年文艺》等刊物发表作品十余万字，获第九届"上海好作品"奖等。

马宏彬　儿童文学作家。在《儿童文学》《少年文艺》等刊物发表作品一百余万字，已出版少儿小说"这个男孩有点淘"系列。

孙 施　笔名忆安姑娘，天津市作家协会会员。在《儿童文学》《少年文艺》等刊物发表作品二十余万字，多篇作品入选《儿童文学》年度精选集。

课程编委

郭明晓、童喜喜、南战军、李乐明、谌银、王艳（江苏）、梁琼儒、薛志芳、陈刚、奚亚英、王元磊、程怀泉、丁莉莉、牟正香、姜蕾、常瑞霞、王艳（湖北）、任毓萍、李西西、唐萍、陈海燕、邓国容、刘丹丹、任瑞花、王香玲、王迪、康艺馨、王毅、何艳志

项目组委会

童喜喜（总策划、总统筹）

徐凤梅（特邀）、京华、谌银、冷清秋、童敏、梁琼儒、王艳（江苏）、王艳（湖北）、余惠琼、代金阳

活出传统文化中的美好

朱永新

（全国政协常委、副秘书长，新教育实验发起人，"中国教育三十人论坛"成员，"中国阅读三十人论坛"成员）

1

信息时代的特点是信息大爆炸，每个人需要接触的信息、了解的知识越来越多，学习负担也越来越重。

难道没有解决的办法吗？

亲爱的孩子、父母、老师，我可以肯定地说：当然有。

古人云，授人以鱼，不如授人以渔。掌握捕鱼的本领，成为渔夫，是真正举一反三的学习。

2016年9月，教育部发布的《中国学生发展核心素养》提出18个要点，正是告诉人们，今天需要具备哪些必备品格和关键能力，也就是掌握哪些本领才能成为新世纪的"渔夫"。

2

如果一个孩子拥有完整的核心素养，会成为怎样幸福的新孩子？

为此，我们推出了"新孩子"系列童书。它是第一套以《中国学生发展核心素养》为体系的原创童书，以真实的新教育优秀案例为故事原型，结合耶鲁大学心理研究成果，讲述今天孩子、父母、老师的真实生活和智慧，开启了"非虚构儿童教育文学"的先河，小学1-6年级每年级4册，受到广泛好评。

如果一个孩子融合了288位历史人物的核心素养，会成为怎样杰出的新孩子？

为此，仍以《中国学生发展核心素养》为体系，我们推出了这套《给新孩子的中华优秀传统故事》。

邀18位专家学者担任主编，以核心素养的18个要点为主题，整理出近千位人物的资料库，精选出与主题最匹配的288位历史人物。

邀36位知名作家联合主创，以古人的传奇故事诠释核心素养，以每篇故事最少打磨4次、多则打磨近20次、近10%稿件重写的严苛，完成创作。

邀29位名师共同推敲，已耗时2000多个小时，配套丛书的阅读、名画、说写、戏剧等课程，有的研发完毕，有的仍在研发中。

邀著名儿童文学作家、教育学者童喜喜担任总统筹，成立项目组委会，全力以赴地推进。

大家共同努力着，落实一个伟大而艰难的行动：让阅读有根，让教育有魂，能够真正活出优秀传统文化的美好。

每个"如果"，都指向未来。

实现"如果"，则是教育的使命。

3

亲爱的孩子，你知道人的一生其实就是在书写一个关于自己的故事吗？

伟大的作家为了让自己写作得更好，常常会在生活中寻找一个个人物原型。每个人要想成长得更好，也需要心中有自己的人生原型，也就是自己的榜样。如果你把伟大的人物作为自己的榜样，这个人就会成为你的灯塔，在你的生命中高高屹立，为你照亮前行的路。

这套书中，有288位历史人物。阅读他们的人生，你会发现，任何人的成长都不会一帆风顺，但是，曲折中仍有规律可循。希望你从中至少选择一位自己最喜欢的，作为榜样。

学习他们的经验，只要你努力，就可以创造出自己的生命奇迹——因为，学习榜样，你就已经站在了巨人的肩膀上。找到自己热爱的事物，不断学习，付诸行动，你的未来必然精彩。

当然，只有掌握科学的阅读法，才能确保轻松又高效。所以我们对这套书进行了精心的设计。

比如，每个故事配以名画和赏析。这会无形中提升你的艺术品位，又让你被艺术之美浸润后，还能得到理性的提升。

比如，每篇人物故事约4000字，让你阅读时不会累：一般小学生一周能认真读完一本；如果年龄小，和父母共读一篇也不到20分钟；如果是中学生，也能抽出10分钟读完一篇。

比如，"新孩子说写"环节，是引导你正确地说话。对那些精心设计的问题，你只需要开口说一说，就能把自己和书中人物相连、把阅读和写作打通，迅速实现"以说为写，出口成章"的效果。

开心成长新孩子。我们帮你敞开心扉，你能看见一个更好的自己。

4

亲爱的父母，家庭教育中，如今应该格外重视一点：体系。

父母仅仅按照自己的成长经验，很难教育好今天的孩子。因为时代发展太快，信息时代和工业时代对人才的要求不同，两个时代的学习方法、目标、重点也不同。

成长为了成才，学习就像吃饭。如果说工业时代的学习相当于吃饱，那么信息时代的学习就要求人吃好。体系，就是营养搭配。科学正确的体系，就是丰富全面的营养搭配。

遗憾的是，很多父母缺少相关指导，因此尽管十分重视教育，却常常盲目投入，收效甚微，甚至南辕北辙，引发焦虑。

这套书，是第一套以《中国学生发展核心素养》为体系编创的传统文化丛书。它以经典的传统文化内容、以权威的核心素养体系，落实现代教育的目标。

通过体系的框架，让内容真正丰富起来，彼此互补、共同完善，而不是简单重复内容，浪费学习时间。通过体系的整合，筛选出内容中的精华，让学习只用相对短的时间和较少的精力，达成最好的效果。通过体系的循环，让孩子盯准目标，各个击破，养成好习惯。

这套书用孩子喜闻乐见的故事，传授中华传统智慧，传播重要的知识技能，传递传统文化中美好而永恒的精神，启发孩子的智能，确立自强不息的价值观，帮孩子寻找榜样、树立榜样、学习榜样，激发内驱力，自主成长。

尤其是配套的"新孩子说写"课程，通过亲子一问一说，父母坚持"绝对不批评，重复好句子"的点评原则，就可迅速提高孩子的读写能力，融洽亲子关系，提升家庭教育品质。

这套书是我们打造的"传家宝"，希望帮助你的家庭增添智慧，更增幸福。

5

亲爱的老师，在一线行动中，责任重大，压力更大。只有增效才是真正的减负。如何落实？

帮助学生爱上阅读，是最简便、最有效的方法。

这是一套特别的书。

这是一套把"四个讲清楚"落到实处的教育书，这是一套把教育部《中国学生发展核心素养》落到实处的工具书，这是一套以儿童生命需求为中心选编创作的故事书，这是一套能够让儿童自主阅读、自我教育的自学书，这是一套将现代和古代、创新和传统完整推进的启蒙书，这是一套变革当代教育的理念、内容、过程和方法的案头书。

这更是一套教学的法宝。

我们的精心编创，让这套书以阅读内化核心素养，以综合课程训练正确学习方法、提升学习效率，以树立杰出榜样强化成长内驱力，如此让学生真正成为学习的主体。我们组织研发形成"中央厨房"式的课程资料包赠送，召集名师常年进行"新孩子公益直播课"指导，以新教育种子计划公益项目为教师成长提供免费培训、为学校免费编制校本特色课程……我们一直在努力，我们自身也将不断完善、不断成长，以专业力量，伴你前行。

你并不孤独，你可以拥有事业与家庭的完整幸福。

6

归根结底，亲爱的孩子、父母、老师，我们共同行动，为了同一个梦想。

我们不仅仅是推出一套阅读文本，而是希望传递一种生活方式。

我一直说，一个人的精神发育史就是他的阅读史。晨诵、午读、暮省，我们希望，每个人，每一天，都能浸润在书香之中，在奋进中诗意栖居。

我们不仅仅是推出一种写作方法，而是希望传递一种说话方式。

说写，是创新的课程，以说话打通阅读和写作。这种有逻辑、成体系的表达方式，一旦掌握，必然迁移到其他生活情境下，让沟通更有效，让生活更美好。

我们不仅仅是推出一门新的课程，而是希望传递一种自学方式。

最好的教育是自我教育。真正的教育是润物无声。我们如此倾尽全力，是为了大小读者不仅沉醉于中华优秀传统文化，更能借此活出自己的精彩。

我们不仅仅是推出一套学生读物，而是希望拥有一种成长方式。

我们无法脱离时代，孩子更是互联网时代的原住民。一方面不能沉溺于网络，另一方面要学会利用网络资源学习。大家可以通过"新孩子"微信公众号得到后续更多指导，让孩子自主学习，让父母幸福家教，让老师高效教学。

源远流长的传统文化，是我们创造未来的底气之所在。致敬古人、传承美好、重述经典，我们怀着这一心愿，满怀虔敬地会聚和行动。

知行合一。以传统文化扎根中国，以核心素养拥抱世界，我们相信，我们每一个人如此行动着，都将活出传统中的美好，创造更加美好的未来！

责任是超越自我的动力之源

童喜喜

（儿童文学作家，教育学者，说写课程创始人，中国少年儿童文化艺术基金会"新孩子"专项基金发起人，"中国阅读三十人论坛"成员兼秘书长）

一套书

一个人的能力，是内在素养对外进行的展示。已经拥有的能力叫实力，可能拥有的能力叫潜力。

一个人的能力，付诸行动后有两种结果：为自己享受，叫满足欲望；为他人助力，叫承担责任。

所以，承担责任，能展示自己的能力，在践行中提升自己的实力。

如果一个人用心承担原本无力担负的责任，无论结果如何，都会在努力的过程中，最大限度地挖掘自己的潜力。

对我而言，作为《给新孩子的中华优秀传统故事》丛书的总策划、总统筹，并担任"社会责任卷"的主编，正是一次力所不能及的重任，为"社会责任"这一主题提供了活生生的注解。

身为专职作家，我的写作之路和教育公益之路两者几乎完全重合：1999年，我捐赠稿费，资助了一位失学女童。在那之后，因为儿童文学的写作，对儿童教育研究有所涉猎。近十年，在践行教育公益的过程中，正式开始了教育研究。

教育研究越深入，越是强烈感到：信息时代的信息过量，给人们的学习和生活，都造成了本质上的改变，工业时代里的太多教育工作，都应该在信息时代重新来过。

尤其在内容上。

从教育的角度来看，工业时代和信息时代，哪怕教材或读本中选用了同样的内容，也有着截然不同的呈现方式。

过去的工业时代，知识就是财富，自然越多越好。只要足够多，积土成山，积水成渊，就一定能积累出所成。

到了信息时代，这一切，从根本上改变了。正如著名物理学家、美国国家科学院院士、中国科学院外籍院士张首晟在2016年所言："今天最大的问题是，我们的孩子几乎被整个知识洪水所淹没，因为他要学的东西实在太多了，但是孩子分析总结的能力还不够，他不知道哪个知识更重要。因为被淹没，所以他无法把精华思想总结出来，反而造成了他对学习的厌烦。"

信息时代，知识在数量上有了爆炸式增长，需要了解的知识越来越多，方式上有了搜索引擎等，简单重复式的积累，受到致命的冲击。

所以，信息时代所学的内容，就应该更简洁精确，才能以少胜多，迅速打牢基础；就应该更有整体性，才能彼此互补，便于长期稳定发展；就应该学科整合，才能举一反三，适应快节奏的生活；就应该更加多元，才能"各美其美"，便于个性化选择；就应该以人为本，才能激发兴趣，顺应成长的科学规律……

内容为王。只有内容上有重大改变，提高学习效率，才能便于终身学习。

尤其我在 2014 年 6 月至 2015 年 5 月完成"新孩子"乡村阅读公益行之后，只身一人走进遍布于中国大陆所有省份、自治区、直辖市的 100 所乡村学校，目睹了信息时代的转型给乡村的孩子、父母、老师、校长等所有人造成的阅读困境、教育难题，这对我的震撼是颠覆性的。

因此，完成这场公益行后，我放下了自己的写作计划，答应新教育发起人朱永新老师的《新教育晨诵》丛书的邀请，共同主编并亲自担任总统筹，带队执行。

2015 年底，幼儿至高中学段 26 册的晨诵初稿刚刚编完，朱永新老师就叮嘱：新教育课程三大支柱——"晨诵、午读、暮省"，一个都不能少。

我未加深思，就答应了。

吹牛容易，兑现艰难。其后种种变故，直到七年后的今天，这套《给新孩子的中华优秀传统故事》总算问世。

🌥 一件事

此时此刻，我的电脑中，这套书的相关文件夹 247 个、相关文件 3860 个……只说昨天晚上发生的一件事吧。

"勇于探究卷"的主编，曾任香港大学副校长、香港大学教育学院院长的程介明教授，半年前，已经完成主编工作，提交了一篇精彩的主编序言。

昨晚，我无意中读到程老师的另一篇写给教师的文章，其中有个段落，特别适合给孩子们阅读。我喜不自禁，把该段落加入此前他的序言中，重新发回请他审阅。我又解释，为了上下文的衔接，我在他的原文中加了一句话："因此，我们必须重新反思、梳理、选编自己的传统文化。"

程老师答道："你拿主意！我对你有信心。"随后，他又补充，"你加的那一句，我可以改为，'因此，对于我们现在熟悉的教育，必须溯本求源，才能知道什么是永久的？什么是会改变的？甚至必定改变的？'这是我的意思，也是全书的主旨。"

读到程老师的修改，我就从书桌旁一跃而起，在房间里团团转，足足走了11分钟，才略微平复了我激动的心情……

有这么夸张吗？表面看，我俩都只写了两句大白话而已。

但是，我的那一句，只是说了：立足现在，回望过去。

程老师所改的那一句，看似简简单单，含义是：立足现在，回望过去，再次回头看向未来，以问题去激发人们从中提取可以穿透时空的永恒规律！

什么叫经典？在于学识、视野、境界、格局……于无声处听惊雷。

什么叫学识、视野、境界、格局？尽在细节中。

什么叫细节？一字一句，均是魔鬼。

这只是《给新孩子的中华优秀传统故事》漫长统筹工作中的一人、一事、一个例子而已。

此次的成员，共19位主编、36位作家、29位课程专家，还有特邀编审徐凤梅老师等项目组委会成员，近百人，人人在各自领域都是一流专业人士。因此，整个过程，类似程介明老师这样的智慧光芒，在其他人身上常见闪耀。

更别提本套书中的288位历史人物，那些传奇的人生、杰出的创造、卓绝的精神，都是绝对的经典。我参与全程编写，18本书都通读起码两遍以上，每次阅读都有不一样的感慨与收获。

我们还为此书精心设计了系列课程，其中"新孩子说写"环节是创新课程，是对孩子进行说话的科学训练。只要说一说，就一举获得深化阅读、提升口才、轻松写作、促进人际交往等多重功效……

因为责任，我超越了自己。

由此我深信，这套书，会让更多读者有所超越。

一个圆

与核心素养的其他方面比较起来，"社会责任"似乎有点空洞，"责任"似乎有点辛苦，更多与外力、与被迫、与他者相连。任何事，一旦上升到责任的层面，似乎乐趣就大大减少。

其实，未必如此。

准确来说，责任是自我与他人的关系。人是群居动物，责任越大，意味着自我与他人的关系越多、越深、越紧密。产生的压力固然越大，但是动力也会越大。一旦完成，收获的幸福感也随之越大。

在教育部发布的《中国学生发展核心素养》的18个要点之中，"社会责任"要点的分类最多，达到7大类。其中，既有个体又有他人，既有人类也有自然，既有家庭还有团队……含义非常丰富，听起来十分复杂。

但是，我在《新父母孕育新世界》一书中，曾经提出一个观点：人是同心圆。以此对照，或许能豁然开朗。

我认为，一个完整意义上的人，应是一个同心圆。

圆心，是个人。

外环依次是家庭（家族）、机构（团队）、国家（民族）、人类、天地、宇宙。

人是一个同心圆，如何扩大圆的外环呢？显然，就是责任。

（人是同心圆）

一个人，无论自然生命还是精神生命，其成长都必将遵循这样一种同心圆的循序渐进的关系。

缺少圆心的个人之实，则导致整体之空。这一类人也很常见，用刻薄的三个字概括，就是：假大空。

缺少外环的周遭之大，会导致整体之小。于他人无害，于自己却未必真正有益，未免暴殄天物，辜负了聪明才智，辜负了造物主的一番恩宠。

人是一个同心圆，因此，一个人的内心能够真正与哪一个外环合而为一，这个人就会有相应的精神之力。

人是一个同心圆，因此，就算一个只顾个人的普通人，也有着心怀寰宇的可能性；就算一个真正的圣贤，归根结底也有着个人的根。

无论孩子，还是大人，记住外环意味着责任；不断扩大自己的同心圆，意味着我们都能够成为新时代的孩子。

无论年龄大小，我们都是明天的孩子。我们今天的行动，正在创造明天的幸福。在这样的行动中，拥抱自由、实现自律、不断自新，我们将超越自我，成为开心成长的新孩子。

新孩子喜阅说写指南

丛书总策划、总统筹：童喜喜

一赏 传世名画，艺术熏陶

300余幅传世名画，配以精妙评注，可以随时享受美的熏陶，带来绝佳的传统艺术启蒙。

二读 真实传奇，浸润心田

288位历史人物的真实故事，文字引人入胜，内涵发人深省。以核心素养为体系，让阅读内化素养，定人生榜样，树远大志向。

三品 人物小传，画龙点睛

以"回望历史人物"环节对每位人物进行归纳，跳出具体故事，站在历史长河之中给予评价，于无形中塑造价值观。

四说 打通读写，出口成章

每个故事后均设有"新孩子说写"环节。说写，是一项专业研究的独创课程研究成果。通过有逻辑、成体系的问题进行引领，思考问题后写下关键词作为回答要点，就可以训练思维，加深记忆，疏通凤头、猪肚、豹尾的脉络，结合故事引导说出读后感，激发行动潜力。

实证研究发现，说写课程不仅能快速提升表达力，而且在写作兴趣、自信培养、上课投入、写作习惯、观察思考上，都取得了国际大数据研究规则中最高级别的积极影响，长期进行说写，将带来极其显著的改变。

树立榜样，知行合一

每个故事后都附有相应的"追问我的行动"，既是说写提纲，更是人生导航。一问一答间，促使阅读和自我、生活的三方结合，实现读用闭环，形成必备品格和关键能力，自我教育，开心成长。

名师直播，智慧伴读

配套"新孩子公益直播课"，名师团队免费答疑解惑；发布名家解读视频，可随时观看学习。

角色扮演，寓教于乐

戏剧是浓缩的人生。丛书故事跌宕起伏，是最佳的戏剧素材。和伙伴们一起扮演故事中的人物，整合阅读和说写，进一步提高创造力。

以传统文化濡染，以榜样人物引领
以优美母语浸润，以核心素养造就
开心成长新孩子

扫码关注"新孩子"微信公众号，
免费获取更多名家阅读指导

自尊自律，文明礼貌，诚信友善，宽和待人

◎ 一个人无法改变他人，只能通过选择和包容，确定同路人。

不过，世界是一面镜子。当你微笑，世界就朝你微笑。所以，当你改变了自己，你就已经改变了世界。

蒋琬

心比宇宙更浩瀚

一

蒋琬伫立窗前，手握文书。一晃四年过去了，可那一日的场景还历历在目。

那一日，是一道分水岭。天下皆知，蜀汉一旦失去诸葛亮，就像失去了保护，形同鱼肉般暴露在曹魏的刀俎之下。可就在那一日，蜀汉失去了诸葛亮。

那是建兴十二年（234年），诸葛亮病逝。而他蒋琬，是经诸葛亮举荐入朝，继承了他的未竟之志，辅佐后主刘禅。这担子如此之重，四年来，他不敢有丝毫懈怠。

那一日，诸葛亮去世的消息传来，蜀汉上至君王，下至百姓，人人既悲痛又恐慌。蒋琬站在群臣之首，面容悲戚，却不能放任悲伤奔泻。诸葛亮这一走，蜀汉将面临多少事情、多大危机……他谨记诸葛亮生前的嘱咐："我知道你忠心耿耿、雅量宽和，你一定要帮陛下复兴汉室啊！"

哪怕内心掀起了惊涛骇浪，他却得平静如常。他必须用平静面对诸葛亮去世后蜀汉内部出现的巨大震荡和四下里蔓延的恐惧，尽快让众心安定。

"啪嗒"一声，手里的文书掉下来，将蒋琬从回忆中拉了出来。他看着书案上堆积如山的文书，禁不住叹了一口气。

自从奉后主刘禅之命，领兵入驻汉中，开设大司马府后，蒋琬每日都忙得不可开交。白日里，他要处理蜀国政事上的大小事宜，夜晚还要批阅

◀《无限风光在险峰》局部／近现代／傅抱石

此图是傅抱石于1964年为毛泽东的《七绝·为李进同志题所摄庐山仙人洞照》所作，恢宏大气，以磅礴的气势彰显了毛主席从容超然的气魄；诗画合一，相辅相成。

下级官员们的文书。

许多官员呈交文书时，喜欢长篇大论，以显示自己的才华。书案上的这些文书，或溜须拍马多用赞美之词，或引经据典却无实用之策。一天下来，看得蒋琬头昏眼花。

正在这时，蒋琬看到了杨戏呈交的文书。

杨戏同自己一样，也是受诸葛亮举荐入朝，掌管刑狱，论法决疑，颇受蒋琬器重。而且，蒋琬最欣赏的是杨戏性格耿介，从不无故赞美别人，对他人很少有名不副实的赞美。

蒋琬打开一看，杨戏的文书果然如自己预料的一样——寥寥几行字，言简意赅地表述了对蜀汉和曹魏的国情分析。

北伐中原，光复汉室，一直以来是蒋琬的心愿，杨戏的分析句句说到他的心坎上。

"杨戏果然是杨戏啊，从不多言，却句句中肯。"

二

第二天，蒋琬召集了包括杨戏在内的几位官员，想与他们商议北伐中原、攻打魏国的方案。到了约定的时间，官员们三三两两有说有笑地走进来，只有杨戏不喜欢与他人亲近，独自一人坐在角落里等候。

蒋琬看了众人一眼，率先开口说道："众位同僚都是陛下的股肱之臣，眼下，陛下有意再次攻打魏国，以扬蜀汉国威。以蜀汉目前的处境，若此时发兵北伐中原，你们觉得可行吗？"

蒋琬话音刚落，官员们便纷纷附和，表示赞同。

"陛下与大司马英明决断，这仗自然是要打的。曹魏对蜀汉一直虎视眈眈，与其被攻打，不如先发制人。"

"曹魏内部发生叛乱，此时正是攻打良机呀。"

北伐中原之事，蒋琬一直犹豫不决。即使陛下有意北伐，他也并未急于发兵。之前，他对诸葛亮历次北伐失败的原因进行了分析——诸葛亮数次出兵秦川，都是因道途险恶、运输艰难才没有成功，现在他们也面临着同样的情况。只是，眼下时机难得，蒋琬心中便开始动摇。如今，他见众人多数赞同，信念也坚定了几分。

蒋琬看见杨戏坐在角落里一言不发，料到他应该有不同的看法。于是，他便走到杨戏身旁，问道："杨曹掾（官职名，指分科治事的属吏），不知你对此时攻打魏国有何看法？"

众人齐齐望向杨戏，屋内一片寂静。杨戏听到蒋琬问话，却不言语，只是抬头看了一眼蒋琬，然后默默点点头。

蒋琬见状，微微一笑，也不计较，继续追问道："杨曹掾可有合适的人选推荐？"

杨戏听了面色如常，坐在座位上思考了一番，认真回答道："并无合适的人选。"

"我听说平襄侯姜维英勇果敢，我有意让姜维担任此次北伐的先锋，不知杨曹掾觉得如何？"

这一次，杨戏干脆沉默不语，不点头，亦不摇头。

这时，屋内气氛有些尴尬，众人开始对着杨戏窃窃私语。杨戏却全然不在意，依旧沉默寡言。

蒋琬心里有些不悦，自己身为大司马，总揽蜀汉军政，杨戏却当着众人的面对自己如此无礼，这样下去，叫他以后在众人面前如何树立威信，又如何执政理事、安定民心呢？

但是蒋琬转念一想，自己与杨戏共事多年，他的为人自己再熟悉不过。杨戏一向忠诚宽厚，站在他的立场来想，他应该是既不想违背本心，又不想反对自己，所以才用沉默来应对吧！

想到这里，蒋琬不再追问杨戏，转头与他人商量起北伐中原的事情来。

商议结束后，蒋琬走到杨戏身旁说道："杨曹掾若有其他良策，可私下告知我。"

杨戏听完，重重点头后离开了。其他官员看到杨戏对蒋琬如此无礼，开始指指点点。一位官员走到蒋琬面前，气愤地说道："大司马，您和杨戏说话，杨戏居然不做回应，这种态度太傲慢了。"

蒋琬望着杨戏渐渐走远的身影，意味深长地说道："人心各有不同，表面上顺从而背后反对，是古人所诫的。杨戏若是赞同我，则不是他的本意；若是反对我，就会显示我的不对，所以他默然不答。要我看，杨戏实在是个痛快人。"

夜晚，蒋琬在处理政事时，又一次收到了杨戏的加急文书，上面写道："经多方了解，平襄侯姜维虽然心胸狭窄，但他善战且有勇有谋，下官赞同大司马的意见。"

此时，蒋琬才恍然大悟，原来杨戏默然不语，是因为他长期掌管刑狱，对姜维并不了解。看着文书，蒋琬不禁赞叹道："杨戏果然是心思缜密、实事求是，以后可以重用啊。"

蒋琬不计较杨戏的无礼举动，反而重用杨戏的事情在蜀汉传开来，蜀汉上下人人都称赞蒋琬大度能容、平和待人，对蒋琬更加敬佩、信服。

一天朝会后，几位官员并排而行，无意中谈及蒋琬、杨戏之事，个个对蒋琬赞赏有加：

"若蜀汉上下都如大司马这样诚信友善、宽和待人，蜀汉定会政通人和。"

"是呀，有大司马辅佐国政，实属蜀汉之幸啊。"

督农官杨敏听后，却对此不以为然。他一直感念诸葛亮，对蒋琬心有不服："依我看，蒋琬做事稀里糊涂，实在不如前人。"

杨敏的话一说出来，旁边的人立刻拽了拽杨敏的衣袖，提醒他道："大司马为蜀汉国政殚精竭虑，何时做过糊涂事？你可不要说糊涂话，这话传出去就是诽谤，要入狱降罪的。"

杨敏毫不在意，甩开衣袖扬长而去。

这事传到了司法官的耳朵里，司法官听了顿时大怒："大司马统领蜀汉军政，代表的是整个蜀汉的颜面，怎么能容许他人这样肆意诽谤！"

于是，司法官急急忙忙赶到大司马府，将这件事情原原本本告诉了蒋琬，并说："大司马，杨敏这是诽谤，下官认为必须严惩，否则实在有损大司马的颜面和威信。"

蒋琬听了没有立刻回答，而是反思了一下自己，想想自己辅佐国政多年，尽管尽心尽力，但对内没有做出好的政绩，对外北伐中原攻打魏国之事上战绩平平，又怎么能和诸葛亮相比呢？细细想来，自己确实远不及诸葛亮啊。

许久，蒋琬才开口说道："威信靠的是人心诚服，而不是牢狱惩罚。况且，我确实不如前人，所以杨敏说得对。"

司法官听到蒋琬这样说，觉得十分诧异："大司马，这明明是污蔑。天下谁人不知您依法执政、英明决断，有什么事做得稀里糊涂呢？"

蒋琬笑着回答道："杨敏所说的不如前人，就是事情处理得不当；事情处理得不当就是做事糊涂，又有什么好问的？"

司法官听完，对蒋琬的胸襟深感佩服。杨敏听说此事，不仅不领情，反而断定蒋琬虚情假意，心中对蒋琬更加不服。

数月后，姜维领兵偏军西入，蒋琬命杨敏负责粮草运输，保障军队后勤供应。谁知，杨敏押送的粮草运输车队没有按时到达，导致蜀军粮草缺乏，姜维兵败。

朝堂之上，后主刘禅大怒道："督农杨敏失职导致兵败，杀了他都不能泄寡人之愤。大司马，寡人将这事交由你，待你查清前因后果，再来决断。"

百官纷纷低头不语，暗自道："杨敏诽谤大司马在前，失职导致兵败在后，看来，杨敏这次死罪难逃了。"

杨敏在牢狱之中，从狱卒那里得知由蒋琬调查粮草运输之事，顿时心灰意冷。他想起自己之前对蒋琬的态度，料定蒋琬定会借此宣泄私仇，让自己罪加一等。想到这里，杨敏万念俱灰，自以为等待自己的恐怕只有死路一条了。

这边，蒋琬接了圣旨，一刻不敢停歇，迅速开始调查。他依法办理，完全不提之前杨敏诽谤自己的事情。蒋琬派人走访军队，将押送粮草的人一一分开盘问，又多次提审杨敏及其心腹。半个月后，粮草运输逾期的真相终于浮出水面。

原来，军队前往作战之地要经过崇山峻岭，连日大雨，山路许多路段出现滑坡。杨敏没有经过蒋琬同意，便擅自改变原先的运输路线，改经他路，这才导致粮草输运车队未能准时到达。

蒋琬看完调查结果，终于松了一口气。他将此事原原本本报告给了后主刘禅。

"陛下，督农杨敏虽有大错，却情有可原。希望陛下网开一面，留他一条生路。"蒋琬爱惜杨敏之才，双膝一屈，跪下来为杨敏求情。

后主刘禅原本就不理国事，看见蒋琬竟然肯为杨敏跪地求情，自然愿意送个顺水人情："那就改为流放吧。"

劫后余生的杨敏，彻底改变了对蒋琬的看法。

宇宙浩瀚，无边无际，然而，比宇宙更为宽广的是人的心胸。时日越久，蜀汉的文武百官越被蒋琬的胸怀和气度所折服。

诸葛亮去世后，蒋琬为蜀汉殚精竭虑，守国安邦，令蜀汉百姓得以安居兴业；他对部下宽容有度，秉公执法，以理服人；虽然身居高位，却会站在对方的立场上，去理解对方的做法；对于别人对自己的评价，总是有则改之，无则加勉，真正做到了自尊自律，宽和待人。诸葛亮生前曾夸他是社稷之器，后人更把蒋琬与诸葛亮、董允、费祎合称为"蜀汉四相"，以纪念他为蜀汉所做的一切。

新孩子
说写

回望历史人物

蒋琬（？—246），字公琰，零陵湘乡（今属湖南）人。三国时期蜀汉宰相，与诸葛亮、董允、费祎合称"蜀汉四相"。

蒋琬初随刘备入蜀，诸葛亮死后，蒋琬以其出类拔萃的品性，正式成为诸葛亮的继承者，辅佐刘禅，主持朝政。蒋琬谦恭厚道，品性高洁，为人公私分明，不凭自己的好恶处理政务。他大胆改革，多行良策，为蜀汉的发展做出了巨大贡献。

追问我的行动

站在对方的立场上，理解对方的做法；对于别人对自己的评价，有则改之，无则加勉；对待犯错的人，就事论事，按律处置，绝不借机泄私愤。如此，才是真正的自尊自律，宽和待人。请思考以下问题：

● 你在和人相处时，是怎样对待别人的？

请写下说写"风头"的关键词：

● 别人怎样对待你，让大家都觉得不可思议，甚至指责他做得不对？

你又是怎样将心比心地理解他，甚至帮助他的呢？

请写下说写"猪肚"的关键词：

● 你这样善待他人，赢得了什么呢？你有怎样的感受呢？

请写下说写"豹尾"的关键词：

根据你所写出的关键词，尽情说出你的心声吧。

请以书面语言进行口头表达，你就说写出了一篇题为《将心比心》的文章，留下了一次向历史人物学习的成长烙印。

程婴
一生守一诺

一

香烟袅袅，纱帘低垂。自帘后伸出一只玉臂，草泽医人程婴将双指轻搭其上，屏息细察脉象。

良久，他收回手，沉吟片刻后，在纸上写起来。

"程先生，脉象如何？"被把脉的庄姬夫人在帘后问道。

时值春秋，晋国赵氏满门英杰，宗主赵盾及其子赵朔更是英武善战，在战场上屡立奇功，得到晋国朝野上下、黎民百姓的尊敬与爱戴。庄姬夫人是赵朔的妻子，她刚刚产子，身体有些不适；因为赵朔十分赏识程婴，所以未叫御医，而是特意请程婴来为庄姬夫人把脉。

"夫人放心，没有什么大碍。我开个药方，夫人按时服用，很快就会好起来。"程婴说话间，已写好了药方，又对庄姬夫人叮嘱了几句，便要出门离去。

"不好了，不好了！"就在这时，庄姬夫人的贴身侍女卜凤飞奔而来，进屋后，转身闩紧房门，双目含泪，气喘吁吁地说道，"夫人，大事不好了，屠岸贾怂恿大王，正赶来抄斩赵氏满门……呜呜……"

"啊！"庄姬夫人闻言，一下子哭了起来。一旁床上的孩子，也大哭起来。

程婴闻听此事，气得牙关紧咬，怒发冲冠。他和赵家相交多年，深知赵氏满门忠烈，为国为民，鞠躬尽瘁，不承想一家老小到头来竟落得如此下场，当真是让人悲痛不已，义愤填膺！

◀《舟入溪山重》局部/
近现代/黄宾虹

此图是山水画一代宗师黄宾虹后期的作品，山水、人物黑密厚重，气韵、笔墨均属上乘。图画意境空灵，气韵生动，以有限的画面表现出无限的内容。

"夫人，现在不是哭的时候！"卜凤擦了一把眼泪，接着说道，"我刚刚打听到，屠岸贾为了绝除后患，正带兵往这边赶来，要将……将小公子一并杀死……"

"啊，这……这……这可如何是好？我的孩子啊！"庄姬夫人紧紧抱住出生不久的婴儿。一阵短暂的哭泣之后，她忽地平静下来，眼神中露出母亲才有的刚毅之色，她转向一旁的程婴，屈膝拜倒："程先生，如今势如危卵，我死不足惜，但赵家满门忠烈，万不该就此而绝。这最后的一点血脉，务求先生出手相救！"

"夫人！"程婴也慌忙跪倒，热血升腾，郑重说道，"夫人，赵将军赤胆忠心，天日可鉴，我虽是一介草泽医人，但承他看得起，视为至交，我也亲口答应过他会照顾好夫人。好，今日就算是豁出命去，我也必当竭尽全力，保住赵氏的最后一点血脉！"说完，他看着桌上的药箱，忽地心生一计。他匆匆将药箱倒空，然后从庄姬夫人手中接过孩子，放了进去。

可是，程婴刚刚背好药箱，还未出门，就听见外面传来脚步声。紧接着房门被人一脚踢开，一位身穿铠甲的武人走了进来，他正是听命于屠岸贾的副将。只见他手握钢刀，满脸杀气地冲庄姬夫人厉声道："奉屠岸贾将军之命前来抓捕，交出孩子，饶你不死！"

程婴毕竟只是一个文弱医人，见此情景，惊惧之下，双腿忍不住颤抖起来。他极力控制着身子，努力悄悄向门口走去。

"站住！"副将大喝一声，横步挡在程婴跟前，"你是什么人？"

"我……一个草泽医人……来为夫人看……看病的！"

"哦？"副将警惕地看着他所背的药箱，"箱子里是什么？打开看看！"

"只是一……一些草药，没……没什么好看的……"

"打开！"

程婴浑身打战，下意识地去抱药箱，副将立刻明白其中必有蹊跷，猛地抓住药箱的盖子，用力一掀，里面的婴儿露了出来。

"哼，还想走！"副将举起钢刀，向孩子劈去。

"不要！"距离副将仅一步之遥的卜凤大喊一声，朝副将扑来。副将下意识地将刀一挥，卜凤顿时惨叫一声，跌倒在血泊之中。

"卜凤！"本就虚弱的庄姬夫人痛呼一声，跌倒在地。她一点点爬到卜凤身边，泣不成声。

卜凤口中吐血，面上却露出一丝欣慰之色："夫人……卜凤自小跟随您左右，蒙您……不弃，一直视卜凤为姐妹，照顾颇多……今日为小公子而死……卜凤无憾……"说完，气绝而亡。

"卜凤！"庄姬夫人悲痛欲绝之下，不再哭泣，而是双目喷火，将头转向再次朝婴儿举起钢刀的副将，"你身为七尺男儿，却不辨忠奸善恶，只知为虎作伥！好，你不是要替那屠岸贾杀人吗？我便遂了你的心愿，只是求求你，放过我那可怜的孩子——"说完，又看了程婴一眼，忽地抽出一把贴身的短刀，自刎而亡。

"夫人！"这一刻，无边的激愤充满了程婴的整个胸膛，让他忘记了对死亡的恐惧。他双手紧紧抱着药箱，双目如刀，狠狠望向神情有些呆滞的副将。

"为了救这孩子，难道你也不怕死吗？"副将眉头微皱，眼中满是疑惑。

"怕，一开始很怕，但现在不怕了。人都有一死，但求为忠为义，死得其所！"程婴紧盯着副将的眼睛，毫无退缩之意。

"哈哈，好一个为忠为义，死得其所！"副将像是下定了什么决心，对程婴说道，"我虽然畏于屠岸贾的淫威，曾随他多行不义，但心中何尝不敬重赵氏的高义。好，今日我便同你一道，保这赵氏遗孤！希望你能护他长大，有朝一日，使赵氏一门沉冤得雪！"说完，举刀向自己的右臂狠狠砍去，然后一边示意程婴快走，一边大声喊道，"来人啊，赵氏孤儿被人抢走了……"

"将军！"

程婴只觉得身上生出一股前所未有的力气，他盖好药箱，疾步如飞，匆匆隐入茫茫夜色之中。

此时，屠岸贾诛杀赵氏满门的事闹得满城风雨，程婴不敢携婴儿回家，几经思量之后，带着他来找赵朔的另外一位至交好友——大夫公孙杵臼。

公孙杵臼见程婴携孩子而来，立即将他带到府上的一间密室之中，一边安抚孩子，一边和程婴商量下一步该怎么办。但两个人思来想去，都没有想到什么好办法，最后决定让程婴暂时带着孩子留在密室之中，且看屠岸贾究竟会有何举动。

两日之后，公孙杵臼的手下带回一个坏消息。这两日遍寻孤儿赵武不得的屠岸贾恼羞成怒，严令手下士卒："如果再搜不出赵氏孤儿，便将全城与他同龄的婴儿斩尽杀绝，一个不留！"同时在街上张贴布告："窝藏赵氏孤儿，罪灭九族；告发赵氏孤儿藏处，赏黄金千两。"

听说这个消息后，程婴对公孙杵臼说道："咱们不能再这样躲下去了，时间一长，不但这个孤儿难保，全城的婴儿都要跟着受害！"

公孙杵臼沉思片刻，肃然道："古语有云，士为知己者死。赵氏满门忠烈，赵将军视你我二人为知己，庄姬夫人临死前更是托孤于你，如今，该是我们报答赵氏一家的时候了！"

程婴浑身热血沸腾，朗声道："先生所言甚是。有什么办法，你只管说出来，我一定遵照执行！"

"好！"公孙杵臼没有直说，而是先问程婴，"你觉得忍辱负重、抚育孤儿长大成人和干脆利落地去死，哪一个更容易？"

程婴若有所觉："死何其容易，当然是养育孤儿更难。"

公孙杵臼点点头："那好，既然如此，赵将军生前待你最好，就由你去做最难的事情，让我去做容易的事情，先去死吧！"之后，他说出了自己的主意。程婴听后心如刀割，但最后还是含泪应允，并向公孙杵臼立下忍辱负重、抚育孤儿长大成人的誓言。

第二天，公孙杵臼和程婴夫妇，带着孤儿赵武以及程婴自己同样幼小的孩子，一起逃出城去，直奔首阳山。

屠岸贾听说消息之后，立即带着大队人马追赶而来。

眼看追兵渐近，在一个山路的分岔路口，公孙杵臼抱上程婴的孩子，朝一个方向跑去；程婴的妻子抱着孤儿赵武，朝另一个方向跑去。程婴自己则气喘吁吁地立在原地。等屠岸贾率兵追来，他立刻迎上去，装作绝望的样子说道："本想逃到深山，保住赵氏孤儿，没想到还是瞒不过将军。不过既然孩子难逃一死，将军如能饶我一命，并且遵照告示上所说，赏我黄金千两，我就马上告诉您孩子的藏身之处。"

"哈哈哈，我还真当这世上有忠义存在呢，原来都是贪生怕死、见利忘义之辈！"屠岸贾仰天狂笑，答应了程婴的要求，然后带上程婴，在他的帮助下，没多久就来到一座破茅庵前。

程婴强忍悲痛，上前敲门。公孙杵臼刚一开门，屠岸贾手下的士兵便一拥而入，将公孙杵臼牢牢按住，并逼问他孤儿的下落。

公孙杵臼假装糊涂，反问道："我到山中游玩，累了在茅庵中歇脚。你们说的是什么孤儿？"

"哼，还在装模作样！"屠岸贾一脚将公孙杵臼踢翻在地，然后指挥手下士兵在茅庵中仔细搜查，不一会儿，士兵们果然从一个黑暗的角落里搜出一个用绸缎包裹着的小男婴，绸缎里层还绣着一个"赵"字。

"哈哈，这下没错了！"屠岸贾抱着孩子，得意地大笑道。

公孙杵臼发疯似的从地上爬起来，扑上前去抢夺孩子，又被屠岸贾手下的士兵一阵拳打脚踢，摔倒在地。公孙杵臼双目欲裂，望向程婴，大骂道："你这个丧尽天良、不守信义的东西，为了活命，为了黄金，竟然出卖朋友，你的良心都被狗吃了吗？"骂了一阵，又转向屠岸贾，乞求道，"您杀了我吧，但孩子还小，是无辜的，请留下他一条小命吧！"

屠岸贾哪里会听他的话，命令手下将公孙杵臼乱刀砍死，又将婴儿扔在地上摔死，然后哈哈大笑道："从今以后，我可以高枕无忧了！"说完，带领手下，扬长而去。

程婴就这样眼睁睁地看着亲生儿子和好友公孙杵臼死在自己的眼前……

三

从此，程婴忘恩负义、卖友求荣、残害忠良的"骂名"传遍晋国上下，所到之处，人人唾弃，而他的妻子也因丧子之痛病倒，很快离他而去。

面对这一切，程婴有口难辩，只是牢记着对赵朔、庄姬夫人以及公孙杵臼的承诺，默默忍受。他带着幼小的赵武，早上习文，晚上练武，忍辱负重，深居简出。苍天不负有心人，十多年后，赵武终于成长为一个文武双全、顶天立地的男子汉。

这时的国君晋悼公是位贤明的君主，重用与赵家渊源颇深、熟知当年之事，并且一直默默关注着程婴和赵氏孤儿的大将韩厥。意识到时机已经成熟，韩厥找到程婴和赵武，把他们一起带到朝堂，拜见晋悼公，并当众宣布赵武就是当年屠岸贾要杀害的赵氏孤儿，更满腔激愤地说出程婴用亲生儿子替换孤儿，公孙杵臼为保孤儿慷慨赴死的经过。

满朝上下听后无不落泪，屠岸贾却吓得瘫软在地。晋悼公愤怒地站起身，指着屠岸贾怒道："不诛此奸，怎对得起赵家三百冤魂！"当即传旨捉拿屠岸贾满门，拉到赵氏陵前，祭奠赵家冤魂。

自此，赵氏的冤情终于大白于天下，程婴的信义、公孙杵臼的忠烈也随之大白于天下！

这一天真的到来时，程婴却未感受到胜利的喜悦。

此刻，在完成当年的承诺之后，压抑在他心里十几年的丧子、丧妻、丧友之痛，一并袭上程婴的心头。在漫长的岁月里，悲痛早如漫地生长的地衣，遍及他的五脏六腑。

这些年程婴靠一念热望支撑，此时热望已变成现实，他得以彻底松弛下来，才感到那痛苦充塞着脏腑，让他难以承受。悲痛难抑下，他挥刀自刎而死。

赵武以父子之礼，为其服孝三年。

程婴义字当头，一诺千金，为了朋友和信义，不惜牺牲自己的名声甚至儿子的生命，十多年忍辱负重。他的义举感天动地，气贯长虹，彪炳千秋，光耀万古。

回望历史人物

　　程婴（？—约前583），春秋时期晋国义士，相传是古少梁邑（今陕西韩城）人。因义救赵氏孤儿，而名垂千古。

　　程婴是晋卿赵盾及其子赵朔的朋友，晋景公三年（前597年），赵氏家族被大夫屠岸贾陷害而惨遭灭门。赵朔的门客公孙杵臼与程婴密谋，救下赵氏的遗腹子。程婴背着卖友的恶名，忍辱偷生，悉心培养赵氏孤儿。十多年后，真相终于大白于天下。夙愿已成，程婴最终以一死表明心迹。

追问我的行动

程婴把朋友之间的情义看得比自己的性命还重要，为了朋友，不惜牺牲儿子的性命及自己的名声，忍辱负重地用生命践行自己的承诺。如果我们也能像程婴一样，做到诚信重诺，就能担负起属于自己的责任。请思考以下问题：

● 你因为什么，承诺自己要做到什么？
    请写下说写"凤头"的关键词：

● 为了兑现自己的承诺，你做了什么？遇到了哪些困难，又是怎样坚持践行自己的诺言的？
    请写下说写"猪肚"的关键词：

● 你付出了怎样的努力，才兑现了自己的承诺？有怎样的收获？
    请写下说写"豹尾"的关键词：

根据你所写出的关键词，尽情说出你的心声吧。

请以书面语言进行口头表达，你就说写出了一篇题为《承诺》的文章，留下了一次向历史人物学习的成长烙印。

　　亲爱的伙伴，本单元的内容，是希望你自尊自律，文明礼貌，诚信友善，宽和待人。

　　在本单元中，你最喜欢哪个人物？对于这个人物，你还有什么想法呢？请你写出关键词，连线画出导图，让你的记忆更深刻、思考更深入、说写更精彩吧！

二

孝亲敬长，心怀感恩

◎ 再不幸的人，只要活着，那就是一份幸运。因为，一个婴儿必然得到过人世间的善意哺育，否则不可能自己活下来。孝敬亲人和长辈，是传承这份生命的善意。

天赋再高的人，能够取得成就，也必然少不了他人的帮助。从出生，到成长，到时代的际遇，任何一次错失，也许就有不同的结局。人生路上的这一切，都值得铭记与感恩。

伯夷和叔齐

求仁得仁之路

九十三岁白石画

竹林幽深，潭水清澈。阳光洒在水面上，将水潭映得仿佛一块碧玉。繁花摇曳，与陡峭的崖壁形成强烈的对比。

潭水旁，竹林中，两位老者正在对弈。

白衣飘飘、须发皆白的老者名叫叔齐。他手拈一枚棋子，按落在棋盘上："大哥，听说过西伯姬昌吗？"

身着黑衣、气度儒雅的老者是伯夷："你说的是周国国君吧？"

叔齐说："正是。"说着，落定一枚棋子，"听说他笃行仁政、修德行善、敬老慈少，是一位明君啊。"

伯夷捋着胡子说道："我也听说了。他礼贤下士，鼓励百姓开垦荒地，只收九分之一的田税。"

这时，一群鸟儿从竹林中振翅飞远，天边霞光万丈，彩色的流云不知要飘向何方。

伯夷和叔齐听到的消息属实。此时的西周，在西伯姬昌的治理下，民心安定，国力不断增强，不仅周围许多部落纷纷归附，也吸引了许多商朝民众。他们不满纣王暴政，要投奔西周，但遭纣王制止。"仁者西伯""有道西周"的名声远扬，使伯夷、叔齐早被岁月消磨得沉寂，再次勃然跳动。

他们离开祖国孤竹国已经数十年，想当年，孤竹国虽是商朝附属小国，但经济发达、文化繁荣。孤竹国老国君有三个儿子，老大叫伯夷，老三叫叔齐。老大与老三志趣相投，平日里弹琴切磋、读书讨论，两人既是至亲，又是挚友。

老国君去世时留下遗诏，要立老三叔齐为国君。伯夷得知后，觉得自己的处境有些尴尬，尤其是孤竹百姓非常反对，认为老大伯夷为国君更合礼法。但伯夷认为应该尊重父亲的遗愿，国君的位置理应由三弟叔齐来继承，三弟一向与他性情相投，又极为尊崇礼制、恪守仁义，很适合当国君。伯夷不在乎这个君位，可只要他在国内一天，叔齐就绝不会继承君位，伯夷不想让三弟为难。

就这样，伯夷带着不舍，趁深夜收拾好行囊，远走他乡，离开了生他、养他的孤竹国。

老三叔齐得知大哥离开后，说什么也不肯继承君位。他说："我如果当了国君，于兄弟不义，于礼制不合。"过了不久，他也不辞而别，离国而去。他要去寻找大哥。最后，老二成了国君。

一阵晚风吹醒了伯夷，让他从回忆回到现实。他看着同样在沉思的叔齐说："咱们在这北海之滨生活了数十年，也该回去了，我们何不到西伯那里去呢？"

叔齐立刻说道："大哥，我也正有此意。我们一起去看看，那位西伯姬昌到底是怎样一个有道之人，西周又是怎样的安定繁荣。"

两兄弟简单收拾了行囊，在隐居了数十年后，他们拖着老弱的身体，再次上路。只不过这一次，他们有一个目标，那就是有道的西周。

二

与此同时，数千里之外的西周，正在酝酿一场巨大的政变。

西伯姬昌去世后，其子姬发即位，是为周武王。周武王即位时，叛离商朝的附属国越来越多，商王朝内外交困，周武王也终于完成了他的灭商准备。此时，商纣王已倾全国之力灭掉了东夷，却使国力大损。公元前

1046 年，周武王姬发用战车载着父亲的灵位，亲率大军出兵伐纣。

这时，伯夷和叔齐两人刚走到西岐边境。一日，他们遇到一队流民，经打探，叔齐得知一件重要的事情，便急忙跑到正在树下休息的大哥旁边，说："大哥，西伯侯去世了！"

"啊！"伯夷很是吃惊，随后重重叹了一口气，"你我兄弟二人跋山涉水，没想到，最终也没有见到这位有道明君一面啊。"

叔齐说："还有，他的儿子姬发去讨伐商纣王了。"

伯夷更加吃惊，他痛苦地说道："唉，国家又将血流成河，可悲啊！三弟，即使只杀一人就能拥有天下，我想圣人也绝不会这么做的。"

叔齐点头说："大哥，我们去劝说这位新任的周武王吧。"

伯夷点头，二人便朝着周兵来的方向迎了上去。

一日，雨后天晴，阳光金灿灿的，清凉的微风吹得人心里豁然舒畅。小河的流水已经涨满河槽，远远地伸向原野的尽头。

叔齐见此情景，对伯夷说道："大哥，当年你不辞而别，我一路打听寻找，走到这个地方时，在山里突遇暴雨，失足滑到山下昏了过去。等我醒来时，发现自己趴在一头水牛的背上，一个小牧童走在一旁，他脚下的草茂密鲜绿，就像这片原野一样，而且也有一条小河穿过，景色真是优美。"

"三弟，你当年竟还遇到过如此凶险的事情？"伯夷担心地说道，"是那个牧童救了你？"

"是啊，大哥，我寻找你这一路，可是有很多人帮助过我啊，我都记在

▶《荷塘鸳鸯》｜近现代｜齐白石

此图是齐白石晚年所画「荷花鸳鸯图」系列中的一幅。画中两枝红荷并立，两只绚丽的鸳鸯于其间相伴嬉游，渲染出和美、幸福的气息。此图兼工带写，笔法刚劲有力。

心里，一刻也不敢忘记。"

叔齐不愿向伯夷诉说自己为了寻找他，一路历经的千辛万苦，好在他最后终于在北海之滨，找到了和东夷人一起生活的伯夷。叔齐想让伯夷回国，但伯夷却说："国不可一日无君，二弟一定早就做了国君。我与你若是回国，二弟定会为难。"

叔齐一听，痛快地下了决心。他说："大哥不回，我也不回，我们就在这山野之间，隐居度日！"

经过半个月的跋涉，伯夷、叔齐终于与周朝军队相遇。

此时的周武王，正在为士气旺盛、百姓欢腾而激动不已，他似乎看到了纣王倒台、朝歌城破的景象。就在他骑在马上，沉浸在美好的想象里时，忽然，两个老头儿挡住了他的去路。

周武王外表看起来孔武有力，但说话很谦和："两位老者拦住本王，有什么事吗？"

伯夷作揖，说道："敢问大王，大军此去可是前往朝歌讨伐商王？"

周武王说："正是。商王无道，人神共愤，我西周大军当替天行道。"

伯夷大笑之后，说："以无道伐无道，同样是无道。"

叔齐激动地说道："带着父亲的灵位发动战争，这能算作孝道吗？以臣子的身份来讨伐君主，这能算作仁义吗？"

周武王没想到自己以礼待人，却被他们劈头盖脸骂了一顿，心中委实恼火，怒发冲冠，紧紧握住了腰间宝剑。

一旁的姜子牙连忙阻止："大王，此义人也！不可杀！杀之，天下人离心离德！"

周武王怒目圆睁，紧抿嘴唇，手中的宝剑却始终没有出鞘。

四

几年后，周武王的大军继续东征西讨，消灭了商纣王朝，赢得了天下，建立了周朝。四方诸侯纷纷响应，归顺周朝。伯夷、叔齐这两个风烛残年的老人，似乎已经被历史所遗忘，然而他们没有放弃自己的气节，仍然坚持自己的道义。

他们来到首阳山，隐居在大山深处，吃着简单的饭菜，过着清贫的日子。不过二人只要有丝竹琴声相伴，便觉得生活依然美好。

这天吃饭时，叔齐看着粥里数得过来的几粒米，若有所思地说道："大哥，家里的米所剩无几，如今这天下已经完全归周了，我们若是再去买米……"

伯夷叹气，放下碗筷，说道："罢了，这粮食也是从周朝的土地上长出来的，不吃了。"叔齐从一旁的背篓里拿出一个梨子，里面还有不少野菜。叔齐说："大哥，你看，这是我从山上采摘的，以后我们就吃这些吧。"

从那以后，两人的生活更加清苦了，经常饿得头晕眼花，连挖野菜的力气都没有。

彼时，周朝甫定，百废待兴，为了招揽大贤大能为己所用，姜子牙特意来到首阳山劝伯夷、叔齐归顺周朝，为周朝效力，一起实现宏图大志。

姜子牙在伯夷、叔齐所住的茅屋旁等了很久，才见到从山上采摘回来的他们。姜子牙赶紧迎上去，一番客套寒暄，等他表明来意之后，伯夷、叔齐立刻拒绝了："我们连周朝的粮食都不屑吃，又怎么会做周朝的官？"

姜子牙指着叔齐背后的背篓，说："二位不吃周朝的粮食，可是你们吃的野菜、野果，也是周朝首阳山上长出来的呀。"

叔齐放下背篓，说："不吃便是。"

姜子牙苦心劝道："商已亡，大周兴。两位又在为什么守节？如此这般又是何苦呢？"

伯夷冷笑道："我兄弟二人是越老越顽固，太公不用劝了。"

叔齐说："人活一世，当问心无愧，孤竹国是生我们、养我们的家乡，于我们有恩，我们是不会背叛孤竹国的。太公，你就让我和大哥在这里，守着我们的道义了此一生吧。"

从此，伯夷、叔齐兄弟连野菜也不吃了，他们靠着心中坚信的道义，延续着日渐虚弱的生命。他们抚琴吟诗，为世间留下千古绝唱《采薇歌》，那是注入中国人精神血脉的一缕清音。

首阳山巅，云雾缭绕。伯夷抚琴，叔齐吟唱："登上那西山啊，采摘那里的薇菜。以暴臣换暴君啊，竟认识不到那是错误。先帝神农啊，虞夏啊！这样的盛世，恐怕不会有了。我们哪里去呢？真可叹啊！我的生命就要结束了……"声音穿山越水，播撒在他们钟情的山峦水湄……

伯夷、叔齐兄弟二人为自己选择了活的方式，也选择了死的方式，他们最终饿死在首阳山上，以身殉道。

兄弟二人的夷齐让国、扣马谏伐、耻食周粟、饿死首阳等行为，受到后世儒家的大力推崇。子贡问孔子："伯夷、叔齐是什么样的人？"孔子答道："古代的贤人啊。"子贡又问："他们对所做的事、所做的选择不后悔吗？"孔子微微一笑，说："他们追求仁而得到了仁，有什么可后悔的呢？"

当然，再伟大的人也有自己的缺点，再好的时代也有时代导致的思维局限，伯夷、叔齐也不例外。但是，在伯夷、叔齐看似迂腐的选择背后，饱含着对长辈之孝、对手足之爱，沉淀着华夏民族孝亲敬长、心怀感恩的不朽气节和精神。

新孩子
说写

回望历史人物

伯夷（生卒年不详），墨胎氏，名允，字公信，商末孤竹国人。

叔齐（生卒年不详），墨胎氏，名致，字公达，商末孤竹国人。

伯夷、叔齐是商末孤竹君的儿子。夷齐"兄弟让国，扣马谏伐，耻食周粟，饿死首阳"的仁哲大义，是历代中华仁人志士的典范。

追问我的行动

自觉遵守规则，亲友之间绝不因为追求名利而破坏彼此间的感情，而注重自身良好的修养与创造美好的行为，就能做到诚信礼让、孝亲敬长、忠于祖国、抱节守志、清正廉明。请思考以下问题：

● 在家庭生活中，你是怎样与兄弟姐妹相处的呢？一说起他们，你就会想起哪件事情呢？

请写下说写"凤头"的关键词：

● 当时，其他人和兄弟姐妹在做什么呢？你是怎么做的，怎么说的？他们又是怎样的呢？

请写下说写"猪肚"的关键词：

● 你给予了兄弟姐妹怎样的爱呢？兄弟姐妹又怎样表达对你的爱呢？直到现在，你仍然有怎样的感受呢？

请写下说写"豹尾"的关键词：

根据你所写出的关键词，尽情说出你的心声吧。

请以书面语言进行口头表达，你就说写出了一篇题为《相亲相爱》的文章，留下了一次向历史人物学习的成长烙印。

春天的田野，就像一块毛茸茸的地毯。在鲁国的一个山村里，男孩闵损最喜欢在这样的日子里，光着脚丫四处奔跑。母亲到小河边洗衣服，自然也是他跟随奔跑的好时机。

闵损跟着母亲来到小河边，母亲蹲在河边的石头上洗衣服，他就跑进草丛里玩耍。忽然，闵损看见草丛里有一只小鸟。他高兴极了，屏住呼吸猛冲过去，一把抓住了小鸟。

闵损根本没有注意到，两只大鸟在他的上空低旋着，啾啾鸣叫。

闵损捧着小鸟高高兴兴地朝母亲走去，一边走一边大喊："母亲，看，我捉到一只小鸟！"

母亲扭头一看，马上叮嘱道："孩子，快放了小鸟吧！"

闵损愣住了，站在原地。

母亲柔声说道："你看看头上，小鸟的父亲、母亲都来了。它们爱小鸟，就像我和你父亲爱你一样呀！"

闵损看了看天空，又看了看母亲，想了想，把小鸟轻轻放在了草地上。两只大鸟啾啾地叫着，好像在跟闵损说谢谢。

母亲笑了。她一边洗衣服，一边赞赏道："闵损真是个善良的孩子！"

好景不长，没过多久，母亲因病去世了。不久，父亲新娶了一位妻子。

父亲以为继母可以照顾年幼的闵损。空荡荡的屋子不叫家，总得有人点亮一盏灯，才有家的温暖。

和父亲一样，闵损也满心欢喜地迎接继母的到来，期待再次感受来自母亲的温暖。

斲江渺渺笑芙蓉
芳妒江兒艳
断肠绛袍
春浅护云暎
翠袖日莫迎
风凉鲤鱼吹浪
江波白霜露
落洞庭何
木叶温舟飞
爱惜芙蓉
处采莲人
好颜色
新罗之
月八日
戊申春三
寫作調
嚴書舍

華品字秋英貌新潙人閩人僑居杭州能詩有離垢集子澄燕乾隆庚辰舉人工六法世傳秋英畫多其子贋作藏者審之

▲ 《花卉山水其一》/明/
陈洪绶

　　此图是中国绘画史上"南陈北崔"中的"南陈"陈洪绶的作品。他精工花鸟，兼能山水。此画以工笔为主，勾勒精细；绿树、青草、荷叶与远处的青山遥相呼应，荷花、小舟的红又与红日映照的山峦相得益彰。

第一次见面时，当着父亲的面，年轻的继母把闵损搂进怀里，给了他一个拥抱。接下来的日子里，继母照料着父子俩的生活，父亲脸上又重新出现了笑容。但是，私下里面对闵损时，继母一直比较冷漠。

一年后，继母生了一个儿子。这下，继母对闵损由冷漠变成了厌恶。尽管闵损很想和弟弟一起玩耍，但继母总是声色俱厉地撵开他。

几年后，继母又生了一个男孩。为了让家人过上更好的生活，父亲去了外地做生意。父亲一离开家门，继母就彻底变了脸。闵损成了家里的小长工，不仅要照料两个弟弟，还要砍柴、挑水……做家里家外的各种活儿。

闵损拿着砍刀，背起背篓，到山上砍柴，砍完还要背着比自己还高的干柴下山。

闵损挑着水桶，到井边打水，然后挑着比自己还重的两桶水回家。

闵损在家还要烧火、煮饭、做菜……忙得团团转。

农忙时节，闵损还要被继母安排去田里割稻谷，烈日下，汗水湿透了他的全身……

父亲不在家的日子，闵损过得很苦。可是，他默默承受着这一切。

"我已经失去过一次母亲，不能再失去母亲——继母也是母亲啊！何况我还有两个弟弟，他们都是我的家人！"闵损一次又一次告诉自己。

所以，父亲偶尔回家时，闵损从不说继母半句不好。父亲满心以为一家人生活得甜甜蜜蜜，十分欣慰。

冬天来了。寒风呼啸，大片雪花如同一只只白蝴蝶，从灰蒙蒙的天空中纷纷飞落。

继母用雪白的棉花给两个亲生儿子缝制了暖和的棉袄、棉裤和棉鞋，却把芦花缝在棉布里，给闵损做了一件芦花棉袄。

芦花棉袄看着鼓鼓囊囊，却无法抵抗风寒。穿着这样的棉袄，闵损冻得浑身发抖，但他还是咬紧牙关，从不说冷。

这天，父亲从外地回家后，让闵损驾着马车，陪自己一起外出办事。

闵损坐在马车上，到了半路，他实在是太冷了，双手完全被冻僵，无法抓住马的缰绳，父子俩被脱缰的马摔出马车，摔倒在雪地上。

父亲很生气："你赶车居然偷懒，怎么不抓紧马的缰绳！"说着，气急败坏的父亲信手拿起马鞭，狠狠抽了闵损一下。

闵损冻得瑟瑟发抖，任由马鞭重重地落在肩上。马鞭抽破了闵损的棉袄，轻飘飘的芦花从破裂的地方露了出来。

父亲愣住了。他不敢相信自己的眼睛，左看右看：那真的是芦花！他如梦方醒，顿时明白闵损为什么握不住缰绳了。

父亲摸了摸闵损的手，那双手冰冷得像两块硬邦邦的铁砣。父亲心如刀绞，一把抱住了闵损，流泪叹息道："我可怜的孩子啊！"

闵损努力笑着，擦去父亲的眼泪："父亲，我不冷，母亲挺好的……"

回到家后，父亲就写了休书，要把闵损的继母撵回娘家。

继母跪在父亲面前号啕大哭，苦苦哀求。

闵损也跪了下来，哭着说："父亲，请不要赶走母亲！如果母亲走了，我的两个弟弟就也没有母亲的疼爱了，就也会挨饿受冻了……"

父亲犹豫了。闵损的两个弟弟也一起求情。最后，父亲收回了休书。

继母被闵损深深感动了。她重新给闵损缝制了一件棉袄。闵损一家，开始了新的生活。

闵损长大后，成为孔子的学生。在跟随孔子周游列国游学的路上，闵损照顾着孔子，端茶送水，十分周到。孔子很欣慰，常常夸赞闵损的细心。

闵损曾经听从孔子的劝说，接受邀请去山东费县当县令。结果因为他为百姓谋福利，减轻百姓的苛捐杂税，国君对他十分不满，他就辞去县令的官职，继续务农。

闵损与妻子养了几只鸡鸭，种了两亩薄田，日出而作，日落而息，晚饭后就在村里的树下给村民们讲故事，日子过得简单而又开心。

此时，父亲已经去世，继母的两个儿子又各自成家了，见继母年老体弱，闵损把继母接到家中照料。

继母想起往事，拉着闵损的手，流下了眼泪："你不恨我？"

闵损反问道："您是我的母亲啊，我为什么要恨您呢？"

继母流下了眼泪："好儿子，是母亲错了。"

后来，闵损的故事流传开来，人们由衷地钦佩他的品德和才学，尊称他为闵子。

最难改变的，不是世界，而是偏见；最难赢得的，不是世界，而是人心。和很多英雄轰轰烈烈的故事不同，闵损是用润物无声的言行，温暖了一个家。在一个家庭里，没人愿意点亮灯火的时候，闵损用无限的爱，点亮了自己的心，从而温暖了继母，凝聚了一家人。那盏纯真美好的灯，在久远的时空里，在万家灯火中，一直绽放着光芒，照亮着后人。

回望历史人物

闵损（前536—前487），字子骞，鲁国范（今河南范县）人。孔子弟子，"孔门七十二贤"之一，"孔门十哲"之一。

闵损以孝闻名，为《二十四孝》中"芦衣顺母"的主角。孔子称赞说："孝哉，闵子骞！人不间于其父母昆弟之言。"

追问我的行动

以德报怨，包容亲人所犯的过错，与家人相亲相爱，才是真正做到了孝亲敬长，有感恩之心。请思考以下问题：

● 在你的家里，谁最有包容之心？你最难忘的一件事是什么呢？
请写下说写"凤头"的关键词：

● 当时，是谁做错了事，他是怎么做的？是谁包容了犯错的人呢？他是怎样包容的？
请写下说写"猪肚"的关键词：

● 犯了错的人，是怎样感受到亲人的包容的？又是怎样对待亲人的包容的呢？
请写下说写"豹尾"的关键词：

根据你所写出的关键词，尽情说出你的心声吧。

请以书面语言进行口头表达，你就说写出了一篇题为《包容》的文章，留下了一次向历史人物学习的成长烙印。

刘恒

天子之孝

山 路崎岖，呼啸的劲风如一把把锋利的刀。八岁的刘恒手搭凉棚，往北张望。一片灰蒙蒙的荒野映入眼帘，让他不由得心生畏惧。

他和母亲薄姬，正行进在去往边塞的路途中。时值西汉初年，镇守代地的相国陈豨起兵反叛，汉高祖刘邦亲自率兵平定叛乱。由于代地是非常重要的边防要塞，必须交由可靠之人镇守，方可保家国安全，让朝廷无后顾之忧。在众臣的一致举荐下，虽年仅八岁，但素以贤孝、稳重闻名的四子刘恒被封为代王，前去镇守代地。

看着年幼的儿子眉头紧锁，满脸苦闷、抑郁之色，薄姬来到他身边，轻轻拉住他的小手，指向遥远的天地之间，微笑着说道："恒儿，福兮祸兮，不可只看表面光景。京城虽然繁华富庶，但诸子夺嫡，杀机暗涌。尤其是吕后处心积虑，残害有志向的皇子，手段无所不用其极。咱们现在虽然被封代地，远离京畿，且蛮荒偏远，环境恶劣，但同时也少了许多钩心斗角、尔虞我诈。你仔细瞧瞧，这里的天空不是比京城的更加高远吗？"

"嗯！"一番话说得小刘恒喜笑颜开，不断点头称是，他甚至还高高跳起，要去摸那看似近在眼前的云朵。

薄姬温柔一笑，接着说道："况且，好男儿志在四方，就算在荒瘠的代地，只要你恪守祖训，宽仁恭俭，勤政爱民，照样能实现自己的抱负，造福一方百姓。"

"嗯，谢谢母亲教诲，孩儿知道了！"刘恒使劲点点头，将母亲的话牢牢记在心里。

果然，之后的几年间，刘恒在母亲的教导、帮助下，在舅舅的倾力辅

《文姬图》宋／佚名

此图为宋代无名画家所作。画作定格了蔡文姬在匈奴生活的幸福瞬间。她和丈夫怀抱婴孩，丈夫按辔徐行，蔡文姬与丈夫深情对视，眉眼传情，整体给人和谐温暖之感。

佐下，兢兢业业，励精图治，将代地治理得井井有条，不仅百姓安居乐业，边疆也恢复了难得的安定。

这期间，刘恒尽心侍奉母亲，衣食住行各个方面，只要自己能想到的，无不尽心去做，只为让母亲感到快乐和满足。

代地冬日酷寒，凛冽的北风几乎日夜不息，素来体弱的薄姬到代地不久就患上了哮喘之症，到后来更是只能整日待在房中的火炉旁，不敢出门受风。刘恒知道母亲一向有散步的习惯，如此长时间不能出门，母亲心中的憋闷可想而知。可母亲又不想让他担心，每每见到他，总是强颜欢笑。

为此，刘恒心中愧疚、苦闷不已，想尽了各种办法。

代地的一位官员听说了这件事，特意花重金从山里的猎户手中购买了一件精美无比的上等貂裘，悄悄送到刘恒手上。刘恒抚摸着柔软光滑的貂裘，心中大喜过望："有了它，母亲应该就可以不怕风寒，想出门便出门了！"他当下拿了貂裘，兴冲冲地来找母亲。但薄姬听说这件貂裘的来历之后，脸色顿时阴沉下去，生气地对刘恒说道："我一直教育你要立身正直，廉洁自好，尤其不能收受官员的礼物，你难道都忘记了吗？"

"我……可是母亲……"刘恒眼中含泪，他如何敢忘记母亲的谆谆教导，但这唯一的一次，他只是想让母亲不再受那风寒之苦啊！

最终，刘恒还是听从母亲的指示，将貂裘退了回去。

数月之后，刘恒以自己勤俭节约而省下来的私银，从市场上购买了一件并不算多名贵的狐皮大衣，送给母亲。这一次，薄姬欣然收下。从那以后，只要出门，薄姬必然穿着这件狐皮大衣。

时光荏苒，公元前195年，汉高祖刘邦病逝。之后，他的几个皇子不是被野心勃勃的吕后残杀迫害，就是畏畏缩缩地低调度日。朝廷上人心惶惶，大臣们一直苦苦寻觅下一任帝王人选。在这种情况下，宽厚清明、将代地治理得繁荣安定的刘恒，自然而然地进入大臣们的视野中。

不久，吕后宗亲谋反，被平定后，公元前180年，刘恒在丞相、太尉等一干重臣的拥立下，登上帝位，史称汉文帝。之后，汉文帝封自己的母亲薄姬为皇太后。

汉文帝即位之后，自然要回到都城，听朝理政。这时出现了一件让他无比为难的事，薄太后因半生颠沛流离，历尽坎坷，更是对宫中的争斗深恶痛绝，加之在乡野居住日久，陶醉于淳朴的民风，便决定永留民间，不再回朝。汉文帝虽然孝心至诚，想让母亲回到宫中，住在自己的身边，好悉心照料，但又不想让母亲违背她自己的心意，以至烦闷、愁苦。于是，在多次请求薄太后还宫不成之后，他终于无奈放弃。

不过，随着薄太后年事渐高，身体也一直不是很好，与母亲两地分离的汉文帝在日理万机、勤政治国的同时，对母亲的思念和牵挂也越来越深，尤其是遇上雨雪、严寒的天气，经常因为担心薄太后的身体而夜不能寐。后来，为了稍解思念之情，汉文帝在薄太后曾经居住的地方建起了一座高大的木塔。每当思念母亲的时候，便登高北望，见塔如见母亲。因此，这座塔又叫"望母塔"。

不过，这仍然弥补不了母亲不在身边的缺憾。此后，每有空闲，汉文帝还是会抽出时间，不顾路途遥远，赶去薄太后居住的乡野，陪伴在母亲左右，嘘寒问暖。在汉文帝看来，侍母尽孝是自己生命中的大事，只要母亲身心安泰，自己也会感到莫大的快乐。

日月如梭，薄太后越来越衰老、孱弱。一日，薄太后偶染风寒，不幸病倒。得知母亲生病之后，汉文帝心如刀割，立即启程，将母亲接回宫中，然后让最好的御医为母亲诊治。宫廷内外也都闻风而动，又是举荐名医，又是呈献偏方，只为治好这位以仁慈、宽厚闻名天下的皇太后，同时也让忧心如焚的汉文帝安心。

数位御医看过薄太后的情况之后，一致认为她的身体过于虚弱，只有经年服用补养之药，慢慢调理，才有希望完全康复。

汉文帝听完御医们的分析、讲解之后，悲伤和担忧之下，不禁默默流下泪来，心想："母亲一生颠沛流离，历尽艰辛，本想她能够顺心如意，颐养天年，没想到又生了这样一场大病。唉，都是我这个当儿子的疏忽、懒惰，没有照顾好母亲！"然后暗暗立下誓言，一定要想方设法，尽一切努力，把母亲的病治好。

三

从那之后，除了上朝理政，一有空闲，哪怕是短短几炷香的闲暇，汉文帝都会赶到薄太后的寝宫，去看望、问候母亲。如果看到母亲的身体稍有起色，他高兴得像个孩子一样；但如果看到母亲脸色不好，他又会在频频安慰母亲之后，回去独自默默垂泪，连饭都吃不下去。

日有所思，夜有所梦。有一天晚上，汉文帝梦到母亲病情加重，奄奄一息，好像马上就要离自己而去，吓得大喊一声，猛地从噩梦中惊醒，再看床上的枕席，已被泪水浸湿了一大片。

"呼——还好只是一个梦而已！"汉文帝长出一口气，想要躺下接着睡，却辗转反侧，再也无法入眠，只是不停地担心着母亲。最后，他干脆起身穿衣，只带着贴身太监，往薄太后的寝宫赶来。

正值三更半夜，薄太后的寝宫一片安静，白日里伺候薄太后的宫女也在寝宫外的椅子上睡着了，太监刚要上前把她们唤醒，汉文帝朝太监轻轻摇了摇头，然后径自一人，蹑手蹑脚地走进母亲的房间。见床榻上的母亲安静地睡着，细听之下，呼吸平缓，他这才终于放宽了心。但不等他转身离去，母亲突然眉头微皱，似是有哪里不舒服，轻轻呻吟着翻了一个身，身上的锦被被扯动，露出了后背。

汉文帝看到后，马上走过去，轻轻为母亲盖好了被子。之后，为了避免母亲再翻身扯动被子，着凉受寒，汉文帝便坐在床边，片刻都不敢合眼，一直静静地守到了天亮。期间，太监和宫女们数次示意由他们来守候薄太后，都被汉文帝摆手拒绝。因为汉文帝发现，只有亲自守在母亲身边，自己心里才能踏实。

那天之后，汉文帝不顾薄太后的劝阻，执意在母亲的房中另外安放了一张小床，到了晚上，处理完一天的政事之后，他便亲自过来守护母亲。薄太后病情稍有反复时自不必说，汉文帝定是整夜守在母亲床前，目不交睫，连稍稍小憩一会儿都不肯。即便是薄太后的身体有所好转，能够睡得安稳，汉文帝可以放心地在小床上休息的时候，他也从不宽衣解带，只怕母亲万一有什么不适或者需要，自己会因为穿衣费时而有所怠慢。

除此之外，为了让母亲尽快好起来，汉文帝对薄太后所服用的药物也极为重视。他反复叮咛太医和熬药的宫女，务必小心谨慎，不能出现任何差池。

就这样过了一段时间，见母亲的病情始终没有大的好转，汉文帝又开始担心是不是药物出了什么纰漏，或者熬制的火候不够精准。为此，他多次询问配药、熬药的具体细节，最后还是不放心，索性亲自向御医学习，把所用汤药的药效、剂量，全部牢记于心，甚至连什么时候用药、如何熬制才能充分发挥药效等，都反复练习，直到掌握得恰到好处，然后便全部亲力亲为。

不仅如此，汉文帝选好药物，细心熬制完成，满头大汗地把药碗端到薄太后跟前后，在薄太后服药之前，他还要亲自尝一尝、品一品，以检查药物熬煮的浓度是不是合适，温度是不是正好；稍有不妥，便会不厌其烦地重新调制，直到确定适宜母亲服用之后，他才放心地扶起母亲，一勺一勺地把药喂给母亲服下。薄太后看着为国为己日夜操劳、日渐憔悴消瘦的儿子，心中万般不忍，数次劝他不要再这样亲力亲为，并且要注意自己的身体，但汉文帝就是不听，还常对薄太后说："在儿子眼里，母亲的病是大事，只要能把母亲的病治好，儿子就算是再奔波、劳累，也都心甘情愿！"

四

就这样，在汉文帝日复一日、无微不至的侍奉、照料下，三年之后，薄太后的身体终于渐渐好了起来。

汉文帝欣喜万分，为此大赦天下，为母亲祈福。之后，他更是不遗余力地照顾和陪伴母亲，加倍珍惜和母亲在一起的每一刻幸福时光。

汉文帝对母亲孝顺至极，但这种孝顺又不止于对自己的母亲。身为一代明君，他也把全国的百姓当作自己的家人、亲人，大力倡导"孝悌，天下之大顺也"。他大力嘉奖仁孝的典范，使得尊老爱老、孝敬长辈、老吾老以及人之老的社会风气，传遍朝野江湖。

后元七年（前 157 年），汉文帝刘恒先于母亲薄太后离开人世。他视"白发人送黑发人"为"不孝"行为，可是，天不遂人愿，他只能带着满心遗憾离开。在临终之前，他对母亲深抱愧疚之情，反复叮嘱身边的人，一定要照顾好自己的母亲。

孝是家风的根本，是社会风气的基础。作为皇帝，汉文帝尽到了"天子之孝"，重德治，兴礼仪，注意发展农业生产，使西汉经历了一段国情稳定、人丁兴旺、经济得到复兴与发展的和美时期，由此揭开了"文景之治"的帷幕。他的孝行感天动地，被后世永远传颂。

新孩子说写

回望历史人物

刘恒（前 202—前 157），西汉第三任皇帝。

他即位之后，励精图治，兴修水利，节俭朴素，废除肉刑，实现国家强盛，开启"文景之治"。对待匈奴，采用"和亲止战"的方式，营造安定团结、休养生息的政治局面。

汉文帝曾经亲自为母亲薄太后尝药，深具孝心，是《二十四孝》中"亲尝汤药"的主角。

追问我的行动

作为皇帝，刘恒对待母亲无微不至的关爱，让人们传颂至今。每一个人，都会以不同的方式，表达自己对亲人的爱。请思考以下问题：

● 你最想对哪一位亲人表达你的爱？为什么？

　请你写下说写"凤头"的关键词：

● 你有哪些方法，可以表达对亲人的爱？请你举出其中三种。

　请你写下说写"猪肚"的关键词：

● 对这位亲人，你还有什么话要说的？对于其他亲人，你又有什么话想说的呢？

　请你写下说写"豹尾"的关键词：

根据你所写出的关键词，尽情说出你的心声吧。

请以书面语言进行口头表达，你就说写出了一篇题为《我想这样爱你》的文章，留下了一次向历史人物学习的成长烙印。

亲爱的伙伴，本单元的内容，是希望你孝亲敬长，有感恩之心。

在本单元中，你最喜欢哪个人物？对于这个人物，你还有什么想法呢？请你写出关键词，连线画出导图，让你的记忆更深刻、思考更深入、说写更精彩吧！

三

有团队意识，真诚互助，热心公益，敬业奉献

◎ 一个人需要独处的空间，但是，一个人永远不可能完全脱离他人而生活。

一个人，从家庭，到学校，到社会……接触到的人越来越多，心与心的交流越来越密切。

当你捧出你的心，可能会遇到风吹雨打，也必然会迎来阳光雨露。

只有那时，你的心才会像一粒饱满的种子，在尘世间绽放芬芳的花朵，缔结甘甜的果实。

窦武

活成一座灯塔

天刚蒙蒙亮，看门人钱老汉按惯例打开窦府大门，只见地上放着一个竹篮；掀开罩布，原来是一篮子红枣。

钱老汉急忙跑出去，大街上空空荡荡的。钱老汉一时不知该如何是好，一篮子红枣就这样留在门外也是不妥，想想，他还是将竹篮提进了门。

钱老汉年轻时就进了窦府，他太了解窦武的为人了。前不久，窦武刚拜城门校尉一职。虽然身居高位，但他清正廉明，从不收受贿赂，对自己、对家人都极其严苛，府上的吃穿用度一律从简，能吃饱穿暖即可。窦武如此严于律己、以身作则，府上的人自然也遵守规矩，从不肆意妄为。

想到这里，钱老汉提起这篮红枣去找窦武。他得向大人请示，看怎么处置。

窦武将一篮子红枣拿在手上，掂量一番，然后哗啦倒在地上。这些红枣个个圆润饱满，如红玛瑙般滚落了一地。窦武将篮子里里外外检查了一遍，没有见到夹杂的物件，才放心地舒了口气。

钱老汉见窦武检查完毕，便弯腰将红枣一颗颗捡回篮子里，说道："大人，这红枣的个头看着一般大，连个虫眼都没有，都是精挑细选过的。"

"是呀，送红枣的人有心了。看门时，你多留心一些，我们得尽快找到这个送红枣的人，不能白白收人家的礼啊。"

"想必这人曾经受过您的恩情，所以特意来感谢您的。"

◀《云聿高逸图》局部 /
明末清初 / 蓝瑛

此图为"浙派三大家"之一的蓝瑛所作。画中山峰入云，苍松挺立，丛花簇草，流水潺潺；高山流水间，一红衣老者行于木桥之上，与茅亭中老者似有约，平添些许灵动、神秘。

"我帮助他人是本心使然，不求回报，更不需要他人记挂在心上。希望能早点找到这个人，将这些告知于他。"

听完窦武的话，钱老汉拼命点头。白天，钱老汉坐在门前，打量着来来往往的人，遇到陌生面孔，都忍不住多看几眼；夜里看门时，钱老汉更是打起十二分精神，听着外面的动静。

几天过去了，那个送红枣的人一直没有再露过面。

这天夜里，钱老汉又打起了雷鸣般的呼噜声。第二天，等钱老汉醒来时，天快大亮了，他慌忙打开大门，只见一个人影在门前闪了一下。等钱老汉追出去，那个人影早已消失不见。大门外的地上又多了一个竹篮，上面盖了一块青布。这次，篮子里放了十几个鸡蛋。

钱老汉懊恼地提着鸡蛋，再次来到窦武的房间。

窦武看到篮子里的鸡蛋时，诧异极了。

"近几年，朝廷连年对西羌用兵，粮食歉收，百姓无不忍饥挨饿，这些鸡蛋对寻常百姓来说何其珍贵！这次无论如何，我们得找到这个人，才能心安啊。"

"大人，送东西的人有意躲着，我们又怎么能找到呢？我也只是看到一个人影，连正脸都没有看到。"

钱老汉的话让窦武陷入了沉思。是啊，洛阳这么大，要找到一个刻意不透露姓名的人，无异于大海捞针。这时，窦武突然发现盖在篮子上面的那块青布有些眼熟，他拿起青布仔仔细细看了一番，问钱老汉："那个人是高是矮？是胖是瘦？他是不是一位读书人？"

钱老汉有些哭笑不得："我人老眼花，哪能看得那么清楚呢？只是那人个头比我高些，背影有些单薄，似乎像个读书人。"

窦武听完，立刻换了衣服，拿着那块青布急匆匆地赶向太学院。

太学院的学生大多是平民出身，虽说朝廷不收取学费，但是太学生们求学还是需要一定的费用。大多数学生都是依靠家庭的接济，有些家境贫寒的学生，只能一边学习一边帮佣。这样的情况在太学院屡见不鲜。比如，公沙穆出身贫寒，不得不靠给别人帮佣来解决衣食需求；郭泰同样出身寒门，甚至连件像样的衣服都没有；庾乘家境贫苦，同样靠为别人帮佣为生。很多太学生考虑到自己帮佣的身份，每次大家一起讨论学业的时候，都会主动坐在下座。

这一切都让窦武感到既钦佩又心酸。太学生都是将来的国之栋梁，窦武怎么能眼睁睁地看着太学生们为了生存问题，而耽误学业呢！为了让太学生们能够安心学习，平日里，窦武将所得的赏赐，全部分给了他们。前年开春，窦武用朝廷赏赐的财物，给太学生们一人做了一件青色春衫。窦武看着手中的这块青布，虽然被洗了很多次，颜色淡了许多，但摸着布料，应该是从春衫上撕下来的。加上钱老汉的描述，窦武在心里确定了几个人选。

等窦武赶到太学院，正是晌午休息的时候，太学生们正围着灶火做饭。窦武找到这几个人旁敲侧击地问了一遍，可是一无所获。只剩下庾乘没有问了，可是，窦武举目四望，哪里有庾乘的影子呢？

正在这时，太学生郭泰走了过来，说道："这段时间，庾乘总是神出鬼没，一到饭点就没了人影。有次我问他，他说要去城北一趟。"

窦武隐约觉得，给他送东西的人应该是庾乘了。为了证实自己的想法，窦武决定去城北找庾乘问个清楚。

窦武匆匆忙忙赶到城北。远远地，他便看见庾乘跟三五个孩子坐在一起。那几个孩子衣衫褴褛，每个人手里捧着半块白馍。看见窦武来了，他们像一只只警觉的小兽，瞪大眼睛盯着窦武，直到看见庚乘和窦武相识时，他们才重新安静地坐了回去。

"原来你来这里，就是为了将自己的口粮分给他们。庚乘，他们是你的亲戚吗？"窦武问道。

庚乘摇头，声音里带着苦涩："我也是刚刚认识他们的。为了躲避战争，很多百姓拖家带口从西北逃过来。他们原以为在这里能过上安心的日子，谁知道碰到了灾荒，温饱都成了问题，实在是可怜。我能做的，就是将自己的口粮分给他们，希望能带给他们几日温饱。"

窦武心酸地看着孩子们，他们似乎有些舍不得吃手里的白馍，用手掰下来一小块，放在嘴里慢慢嚼着。旁边的女孩只吃了几口，看见窦武盯着她手里的白馍，吓得赶紧将白馍塞进了衣服里。

"孩子，白馍不能塞进衣服里，你拿出来慢慢吃。"

窦武说着，起身走过去，想劝阻女孩。

谁知女孩一把将窦武推开，捂着怀里的白馍跑开了。其他孩子见状，以为窦武要抢他们的白馍，也都一窝蜂跑开了。年纪最小的男孩跑得慢，他一边往嘴里塞着白馍，一边看着窦武。男孩脚下不留神，扑通一声摔倒了，白馍也滚到了地上。

男孩看见窦武走了过来，赶紧把沾满灰尘的白馍护在身下。

窦武想将男孩扶起来，男孩却什么也不听，只哭喊着："我要找娘亲！我要找娘亲！"

幸好庚乘赶过来，男孩才渐渐停止哭泣，小心地把仅剩的一点白馍紧紧护在手里。窦武看着心酸，眼睛里泛起了泪花："明日，我给你带好多好多吃的过来，好不好？"

男孩一听有吃的，眼睛都亮了："会有好多好多白馍吗？"

窦武的声音有点哽咽："不仅有白馍，还有菜，还有肉。"

男孩舔了舔嘴唇，追问道："我娘亲可以来吗？"

"不仅你娘亲，所有人都可以免费来吃。"

"你说的这些都是真的吗？"

庾乘摸了摸男孩的脑袋，说："自然是真的，窦大人一向说话算话。"

第二天，窦武命府里的人用车载了饭菜，来到了街口。钱老汉一边敲锣，一边喊道："赈灾啦！"

钱老汉话音刚落，昨日的那个男孩从角落里走了出来，身后跟着一位妇人。窦武赶忙从车里拿出做好的饭菜，双手递到他们母子手中。

锣声响了几遍之后，从巷子里走出的人越来越多。他们一拥而上，将车围得水泄不通。不一会儿，车上的饭菜便分发完了。

接连几天，窦武都命人用车载来饭菜分给这些贫苦百姓。看着他们狼吞虎咽的样子，窦武心里涌起一阵阵苦涩。

渐渐地，窦武和男孩熟络起来，男孩的话也慢慢多了。

"窦大人，我娘说，你是天底下第二大善人。"

"原来善人还有名次呢，那你说谁是第一大善人啊？"

男孩歪着脑袋说道："庾先生是第一大善人啊！我娘说，庾先生从老家拿回来的红枣，他舍不得吃，都拿到街上卖了，然后给我们买馍吃。为了感谢他，我娘和其他几家凑了布料，特意给他做了衣裳，然后偷偷放到他的竹篮里。"

"为什么要偷偷地呢？"

"我们都很感谢他，又怕他拒绝，只能偷偷地放。"男孩凑到窦武耳边，说道："但是，庾先生肯定知道是我们放的。我们都很高兴庾先生接受了我们的感谢。"

窦武听了，好像明白了什么。以后家门口再出现竹篮时，他再也没有去查问了。或许是庾乘送的，或许是其他太学生，总之都是他曾经帮助过的人。看着这些竹篮，窦武时常想，若是人人都能这样互帮互助，懂得感恩，这个世道就会越来越好的。

三

不知怎么回事，竹篮的事情被几个官吏知道了。他们商量好后，也悄悄准备了竹篮，凑了金条银锭放在里面，想要贿赂窦武，好给自己谋出路、铺前程。准备好一切，他们便悄悄躲在暗处。

天微微亮，钱老汉准时出来开门，门口的竹篮子早就让他见怪不怪了。可是这次拿起竹篮一看，钱老汉顿时吓呆了，他一溜烟跑回去，赶紧关上了大门。不一会儿，窦武跟着走了出来，他冷冷地看了眼竹篮里的东西，然后扭头命人关上大门，闭不见客。

那几个官吏顿时傻了眼，眼看天色大亮，街上的行人越来越多，他们怕金条银锭被人抢了去，便拎着竹篮匆匆离开了。但是，他们哪里肯死心呢，于是，又悄悄托人找到了窦绍。

窦绍是窦武的侄子，任虎贲中郎将，性情疏懒，生活奢侈，一听有人送来金条银锭，顿时心花怒放。窦绍美滋滋地抚摸着竹篮里的金条银锭，完全不管对方提出什么要求，一概应承了下来。

这事传到了窦武的耳朵里，可把窦武气坏了。他气冲冲地来到窦绍府中，只见窦绍正悠闲自得地玩乐。

"听说你收受了他人的贿赂，可有此事？"窦武质问道。

以前，窦绍没少被窦武训诫，现在他已经任虎贲中郎将，还要被窦武训斥，心里极度不满。

"叔父，我们窦家是皇亲国戚，你我又身居高位，外面的人自然会巴结，又不是我命他们送来的。"

"正因为我们是皇亲国戚，才更应该严于律己，以身作则，做天下官吏的表率。哪能像你现在这样疏懒奢侈、为所欲为呢？你马上将那些贿赂归还他人，然后向陛下请罪。"

窦绍知道窦武的脾气，他眼珠滴溜溜转了一圈，假意央求道："那些财物都已经用了，又如何退回去？叔父，不如这次你就当不知道，替我遮掩过去吧。"

窦武见窦绍还不觉悟，怕他有朝一日闯下大祸，思索再三，决定上书请求陛下把窦绍撤职。

在上书的奏折中，窦武揽责说自己没有训导好窦绍，应当担责受罚。

窦绍得了教训，这才有所收敛。

后来，每当朝中有受贿之人被朝廷查处、下场凄凉时，窦武都会有意在窦绍面前说起。石头也经不起反复敲打，窦绍渐渐明白了叔父的良苦用心，开始守规矩，只要是违反律法的事，不论大小，都不敢去做了。

要知道，窦武的女儿嫁给了汉桓帝，后来又成为皇后；汉桓帝去世后，窦武又因拥立刘宏为汉灵帝有功，担任了大将军，常居宫中辅佐；此外，窦武的儿子、侄子等人都在朝廷中担任要职，可谓大权在握。

但是，窦武一生克己奉公。他不仅严于律己、乐善好施，而且对族人严加管教。在东汉百官、家族晚辈心中，他就是一座屹立的灯塔。世人倾慕他的高风亮节，将他与刘淑、陈蕃合称"三君"。

新孩子说写

回望历史人物

窦武（？—168），字游平，扶风平陵（今陕西咸阳西北）人。东汉时期外戚、学者，大司空窦融玄孙、定襄太守窦奉之子，与刘淑、陈蕃合称"三君"。

窦武年轻时以经术德行而著名，名显关西；任职城门校尉时，辟召名士，所得赏赐，也都捐助给太学生，得到士大夫的拥护。

追问我的行动

窦武严于律己，以身作则，乐善好施，为东汉百官和家族晚辈做了一个很好的榜样。如果我们不断地向这样的榜样学习，那么我们也能成为这样的人。请思考以下问题：

● 在平时的生活中，你总是以谁为榜样，你想成为一个怎样的人呢？

请写下说写"凤头"的关键词：

● 你在哪件事中做到了严于律己？你是怎样做的？你又在哪件事中，怎样做到乐善好施的？

请写下说写"猪肚"的关键词：

● 你还做了哪些值得骄傲的事？你觉得自己哪些地方能成为别人的榜样呢？

请写下说写"豹尾"的关键词：

根据你所写出的关键词，尽情说出你的心声吧。

请以书面语言进行口头表达，你就说写出了一篇题为《追逐榜样》的文章，留下了一次向历史人物学习的成长烙印。

彭鹏

青天悬日月

三河县（今属河北省）县衙内，气氛肃穆。新上任的知县彭鹏面沉如水。

他刚得知有两位所谓的"大人"，打着为当今圣上养鹰的旗号，在三河县内横征暴敛、作威作福。岂有此理，三河地界，怎能容这样的人横行霸道！

正待他要命人将那两人缉拿到县衙，查明真假，再做处置，站在一旁的手下说话了。

"彭大人，那两个养鹰人仗势欺人，蛮横霸道，在小人看来，似乎并不像是做假的啊！"

"对啊对啊，彭大人，您刚来三河县上任，对本地的情况还不太熟悉。对于那两个养鹰的家伙，最好还是和之前数任大人一样，宁可信其有，不可信其无啊！要知道，万一他们真的是为当今圣上养鹰的，咱们可是一千个一万个惹不起啊！"这两名衙役浸淫当地官场多年，早已变得圆滑世故。彭鹏大致明白他们为何阻拦。

"哼，如果做官都像你们说的这样，畏首畏尾，瞻前顾后，还如何替百姓做主，造福一方？"彭鹏一边往外走一边朗声道，"你们不要再说了。那两个家伙别人不敢碰，我彭鹏却偏要碰碰他们！"

第二天一大早，彭鹏乔装打扮一番后，径直来到两位"大人"居住的客栈，抬手敲门。

屋内一胖一瘦两个人一大早便开始大肆吃喝——原来，他们就是两个招摇撞骗的混混，打着为当今圣上饲养猎鹰的旗号，在靠近京畿之地的三河县四处横行，大肆索要牛马猪羊等牲畜，然后悄悄将其变卖，换成银钱，吃喝玩乐，肆意挥霍。三河当地人素知康熙帝有玩鹰的癖好，听他们吹嘘得天花乱坠，哪里还敢辨其真假，因此被百般豪掠。下至普通百姓，上至之前数任知县，都是敢怒不敢言。

听到敲门声，身为小弟的瘦子跑过去开门，只见一个身材魁梧的中年人站在门口，朝他微微一躬身，道："我找贾大人——"边说边从袖子里掏出一张银票，走到屋里，双手捧着，递向正在大口喝酒的"贾大人"。

"贾大人"看到银票之后，面露喜色，不过仍假惺惺地问道："这是干什么啊？"

"啊，是这样，贾大人，前几日您不是看中了城西李家的几只小羊羔，想要收去喂鹰吗？唉，真是不巧，昨晚那几只小羊羔也不知得了什么急症，一下子死了个干干净净。我是李家的近亲，刚刚从京城回来探亲，听说此事后便马上赶到这里。这点银子请大人笑纳，只希望大人千万不要怪罪李家才是！"

"贾大人"点点头，一边示意瘦子收下银票，一边道："看你为人倒也伶俐，这事就算过去了。不过，回去告诉你那李家的亲戚，以后本大人看中的羊羔，务必要小心看管，不能再出什么纰漏了。万一让陛下心爱的猎鹰吃了什么不干净的东西，出了什么差池，我就算是陛下身边的红人，也是万万担待不起啊！"

"啊，是，是，以后一定加倍当心，感谢大人不记小人之过！"中年人边说边连连作揖，之后，看"贾大人"又将一只肥大的鸡腿塞进嘴里，他又问道，"大人，小人虽也在京城混口饭吃，但身份低微，平时做梦都想一睹当今圣上的真颜，却一直没有那个福分。大人既是圣上身边的红人，自然经常看到龙颜。听说圣上生得天庭饱满、地阁方圆，额头上还长着一颗黄豆大的黑痣，也不知是真是假？"

"哦，这个嘛——自然是真的！""贾大人"红着脸搪塞道。

"贾大人"刚说完这句话，刚刚还满脸赔笑的中年人便忽地变了脸色，挺身昂首间，浑身上下散发出一股令人畏惧的凛然正气。他怒目圆睁，厉声道："大胆奸人，当今圣上的额头上根本就没有什么黑痣。你们拉虎皮做大旗，招摇撞骗，为害乡里，当真以为没有人敢管你们吗？来人啊，给我将他们拿下，押回县衙，严惩不贷！"话音未落，外面冲进数名捕快，将二人按倒在地，五花大绑起来。

这就是彭鹏到三河县赴任知县后处理的第一个案子。

因为三河县地处京畿要冲，是满汉混居之地，鱼龙混杂，一些皇亲贵胄和地痞流氓常常仗势欺压百姓，当地百姓被无度盘剥，苦不堪言；加之前几任知县治理不力，各种案件层出不穷，因此三河县也被公认为最难治理的地方。

面对这种情况，一向刚直不阿、心系百姓的彭鹏一到任，便大刀阔斧地整饬吏治，改革陋规；轻徭薄赋，减轻百姓的负担；同时设立义学和学宫，振兴地方教育。

而对于积压的案件，彭鹏不畏权势，正直无私，采取明察暗访、正面突击等手段调查取证，一旦证据确凿，不管是横行无忌的旗人，还是眼高于顶的宫廷近侍，全部严惩不贷。

对这两个打着天子名号、之前数任知县都不敢招惹的骗子，彭鹏更是毫不避讳，甚至不惜冒犯龙颜，在揭穿他们的真面目之后，对其进行了重罚。

湛净空潭印
满轮今明三
塔是三方禅
宗漫诗添公
棠莴赵侵墨
现垩因
右题三潭印月
尚筆

▶《三潭印月》清｜董邦达

此图是清代官员、书画家董邦达所作，是他的《西湖十景图卷》之一。画作用墨疏淡，用笔轻柔，用色雅丽。湖水明暗交错，三塔遥相呼应；岸边绿柳成荫、花朵明艳，彰显了西湖的秀美风光。

就这样，没过多长时间，彭鹏就将三十多件积案全部做出了公正的判决，罪犯得到惩罚，正义得以伸张，三河百姓无不拍手称快。

由此，彭鹏清正廉洁、刚直不阿、为国为民的声名日益显著，百姓们都亲切地称他为"彭青天"。

康熙十二年（1673年），康熙帝巡游京畿，来到三河县，亲自召见了彭鹏。耳闻目睹彭鹏的清廉刚直后，康熙帝龙颜大悦，当场赏赐彭鹏库银三百两，并亲切地对他说："朕知道你为官清正，从不肯接受百姓的钱财，朕就拿这些钱来给你养廉！足以胜过一般人的几万两钱财了！"

不过，宦海凶险，波诡云谲，尤其是彭鹏这样中正刚直、不同流俗的官员，更容易得罪权贵，遭到弹劾和罢黜。

康熙二十八年（1689年），彭鹏遭到顺天府府尹许三礼的参劾，虽然最后查无证据，但彭鹏仍被"降二级留任"；之后又被多次论罪，"降十三级调用"。

这样的贬谪，对一般官员而言，无异于灭顶之灾，但彭鹏却淡然视之。其实，从决心做一名刚直不阿的官员的那一刻起，他就预料到了这样的情形，因此，当这一刻真的到来的时候，他不仅没有灰心沮丧、一蹶不振，而是恰恰相反，他仍旧一如既往地敢做敢言、直言直谏。不管面对什么样的权贵，遭遇多大的困难和委屈，他都始终坚贞不屈，奋力抗争。

百姓的眼睛是雪亮的，一年之后，在朝廷举荐"廉能"官吏时，屡屡被贬谪的彭鹏竟被擢拔第一，授工科给事中——这样的升迁同样不会让彭鹏的刚直发生任何改变。康熙三十二年（1693年），关中大旱，蝗灾肆虐，百姓流离失所，饿殍遍野。对此，痛心疾首的彭鹏一日之内连上三疏，参劾陕西、山西、河南三省官员不恤民情、结党营私，并毫不避讳，直指多名州县长官的种种劣迹。

康熙帝为了表彰他的刚直，于康熙三十三年（1694 年）升他为顺天府府尹。

上任顺天府府尹后不久，彭鹏收到许多揭露当地乡试徇私舞弊的举报。科举选士乃是国家大事，彭鹏高度重视，明察暗访，很快就确定了主考官和副考官串通豪强作弊的事实，并掌握了充足的证据。之后，彭鹏正式上疏，弹劾顺天府乡试所录举人李仙湄的试卷删改过多、杨文铎的文章荒谬狂妄，均不该在被录之列，并揭露给事中马士芳在勘察官员政绩时收受贿赂。

因为这件事事关重大，康熙帝得奏之后，将其下发到九卿那里，查验讨论。因为主考官和副主考官等人并非单独舞弊，而是在朝中各有靠山，势力盘根错节，因此，群臣讨论的最终结果只能是："查无此事！"不但如此，他们还倒打一耙，一致指责彭鹏颠倒黑白，诬告好人。

彭鹏性情耿直，当即火冒三丈，把自己掌握的证据全部呈上，并向康熙帝再次奏报说："如果真的是臣无事生非、诬告好人，愿请陛下把我的脑袋劈成两半，一半悬挂在宫门上，另外一半悬挂在顺天府的府学前。"

此言一出，满朝哗然。很多大臣都认为彭鹏所言蛮横无理，实是大不敬，应该将其撤职查办。

康熙帝没有听从群臣的意见，而是诏命彭鹏再次回奏这件事。

彭鹏毫不退缩，仍旧上疏道："集会商议的大臣们，袒护负责考试的官员，欺骗皇上，掩饰事实真相，反过来说我所奏报的事情是虚假的，请陛下降罪贬斥他们。"

康熙深知彭鹏的耿直，最终听取彭鹏的建议，下旨罢免了主考官、副主考官及相关人员。

这一次彭鹏虽然取得了胜利，但在当时官官相护的官场上，在唯有随波逐流才能明哲保身的大背景下，为官忠廉、为人耿直的彭鹏注定仕途艰难。终于，在屡屡开罪当朝权贵，触及官场腐朽本质之后，彭鹏被排斥出京，外放治江南河工。

从正三品的高官降为一个管理河工的小官，落差之大，判若云泥，但这仍旧影响不到彭鹏。他的心中有一杆秤，此生不求高官厚禄，只求为国为民、直谏直言。因此，来到江南的彭鹏，在踏踏实实干好本职工作的同时，其刚直的名声仍旧熠熠昭人，甚至远超先时。

事实证明，彭鹏的刚正耿直是有益于百姓和国家的，百姓和国家也需要彭鹏这样的官员。

从康熙三十六年（1697 年）起，彭鹏连续三年升迁：先回京补刑科给事中，再任贵州按察使，后升佥都御史、广西巡抚。

康熙三十九年（1700 年），彭鹏因政绩突出，调任广东巡抚。

刚到任的彭鹏赶上广东连降暴雨，水患成灾。他视察灾情后，马上决定广开仓廪赈灾，帮助灾民渡过难关。

在广东，他一如既往地治理大小政事，体恤百姓疾苦；遇到贪赃枉法的官吏，厉行纠察弹劾之责，决不徇半点私情。他致力于昭雪冤狱，释放无辜入狱者三百多人，扭转了当地的为官风气。因数十年积劳成疾，一代直吏彭鹏七十岁那年，死在了任上。康熙帝得知后，十分哀伤惋惜，赞他勤劳正直，赐予祭祀和下葬物品，入祀广东名宦祠。

彭鹏终其一生为国为民，被百姓誉为"彭青天"。他清廉刚直，堪称一代楷模，受到百姓的尊敬和爱戴，为后世树立了一个巍然挺立的榜样。

新孩子说写

回望历史人物

　　彭鹏（1635—1704），字奋斯，又字古愚，号九峰，莆田小横塘（今福建莆田荔城区）人。

　　他为官清廉，为人耿直，即使遭受打击报复，也不颓丧，是我国古代的清官之一，为百姓广为传颂，被誉为"彭青天"。他断案的故事也广为流传，大到人命关天，小到鸡毛蒜皮，他断过的案子无不让人拍手称快。

追问我的行动

彭鹏为官清廉，为人耿直，即使遭受打击报复，也不颓丧。请思考以下问题：

● 你会怎样与朋友相处呢？当朋友做了不应该做的事时，你是否会直谏呢？

请写下说写"凤头"的关键词：

● 当时，你的朋友遇到了什么情况？他是怎样应对的？你觉得朋友什么地方做得不对呢？你是怎么说的，又是怎么做的呢？朋友又是怎样对待你的呢？

请写下说写"猪肚"的关键词：

● 从那以后，你和朋友的关系变得怎样了呢？你怎样看待自己这样的行为呢？

请写下说写"豹尾"的关键词：

根据你所写出的关键词，尽情说出你的心声吧。

请以书面语言进行口头表达，你就说写出了一篇题为《直谏》的文章，留下了一次向历史人物学习的成长烙印。

单元拓展

亲爱的伙伴，本单元的内容，是希望你热心公益和志愿服务，敬业奉献，具有团队意识和互助精神。

在本单元中，你最喜欢哪个人物？对于这个人物，你还有什么想法呢？请你写出关键词，连线画出导图，让你的记忆更深刻、思考更深入、说写更精彩吧！

四

主动作为，履职尽责，对自我和他人负责

◎ 对自己负责，忠于自己的内心，付诸行动，无怨无悔。

对他人负责，让老者安之、少者怀之，一诺千金。

同样是一天，无所事事是一天，尽情奔跑也是一天。

一天如此，一生亦然。

林则徐
还中国大地一片清明

阳光透过窗棂，将暑热带进了室内。道光帝看着桌上的两堆奏折，陷入长时间的沉思。

这次收到的二十八份奏折，谈的是同一个话题：如何处理一直禁绝不了的鸦片问题。

意见大致分为两类：大部分人主张延续以前的办法——把住海关这道关口，不让鸦片流进国内。可这个办法执行不少年了，仍旧遏制不住鸦片泛滥的势头。另有八位大臣主张"严打"，呼吁朝廷采取更加严厉的手段，禁绝鸦片。

最上面的两份奏折，和道光帝禁烟的决心吻合。一份来自鸿胪寺卿黄爵滋，一份来自湖广总督林则徐。

黄爵滋的办法有新意。他主张针对所有瘾君子制定一条法律，限定他们在一年内戒烟，戒不掉的，或者戒了又复吸的，一律砍掉脑袋。这是用法律的手段，让鸦片失去市场。

林则徐则主张烟毒危害巨大，朝廷一定要重拳出击，多种办法一起上，在中华大地上根绝鸦片。

十多年前，林则徐担任江苏按察使时，就在苏州开展过禁烟运动，效果很好。现在，道光帝急需这个为官清廉、果敢有为，又善于和"外夷"沟通的大臣，去解决眼前的重大危机。

前天晚上，道光帝连夜发出一道谕旨，命林则徐速速进京。想来他已经快马加鞭在进京的路上了。

"你已经知道广州虎门的情况了吧？"

"皇上，我听说两艘装备精良的大型英国战舰，停靠在虎门一带，指挥官是英国驻印度海军司令马塔伦。"

"是，朕为此忧心不已。这是明目张胆的挑衅啊！"

"听说这两艘军舰是英国驻华商务总监义律请来'助威'的，这是要用军舰和大炮为他们的鸦片护航……"

"你在奏折中所说深得朕心。今天召你来，就是想听你详细说说你的想法。"

"皇上，这鸦片之毒，祸害我朝已有百年时间。早在雍正七年（1729年），朝廷就颁布了禁烟法令，关闭'窑口'，抓捕烟贩，可这么多年过去了，也没什么效果，鸦片还是四处泛滥。这些年，大量白银外流，许多年轻人吸食鸦片上了瘾，一个个瘦成了皮包骨，手无缚鸡之力。军队里，也有不少官兵偷偷吸食鸦片。这样下去，几十年后，我朝恐怕就没有能打仗的部队，没有可发军饷的银子了。一些官员见贩卖鸦片有利可图，也偷偷参与，或是自己也染上了鸦片瘾……这烟毒之害，真是我朝大患啊！"

林则徐的一番话，说得道光帝的脸色更加灰暗、神色更加凝重。"朕找你来，就是想从根本上解决这一大患……"

一连几天，道光帝天天宣林则徐进宫，两人一谈就是大半天。

鸦片来自英国，一旦重拳出击，必然会影响两国的关系，不能不慎重考虑。

门内，谈得火热；门外，境况堪忧。消息一个接一个地传来，令道光帝震怒不已。

庄亲王和镇国公，竟然也吸食鸦片！

天津刚刚缴获十三万两鸦片，是历年来查获鸦片最多的一次。这些鸦片的源头，都在广东！

"朕授命你为钦差大臣，到广州禁烟。此事关系国家安危，也关涉两国关系，禁烟一定要强力推动，但'边衅'也要竭力避免……这重任，就托付给你了！"

"臣一定尽心竭力，不辱使命！"林则徐朗声答道。

仿佛一夜之间，广州的大街小巷都贴满了《禁烟章程十条》《查禁营兵吸食鸦片条例》。

风声紧起来，大大小小的烟铺都关了门。大街上，不时能看见官兵在抓捕烟贩子、收缴烟草和吸烟工具。

"禀告大人，截至目前，已经逮捕烟贩两千两百多名，其中有不少暗中参与鸦片走私的官兵，缴获大量鸦片、烟枪……"

"好！这'第一把火'烧得不错。我们不能松劲，要趁热打铁，尽快实现全面清缴！你马上派人传讯十三行行商，命他们向外国商贩转达谕旨，三天内必须将他们船上的所有鸦片交出来，还要写下保证书，保证以后不再携带鸦片进入我国境内。一旦带进鸦片，被查出来的话，不仅货会被全部没收，人也要依法处置。"

"好的，大人，卑职马上去办。"

"还有，将广州的读书人都召集到贡院，我要举行一场特殊的考试。"

"考试？大人，这禁烟工作忙得很，哪有时间……"

"你去安排吧，我心中有数。"

初春寒意还浓，广东贡院里坐满了人，大家议论纷纷。这位钦差大臣一到广州就抓捕了不少烟贩子,听说严厉得很,在禁烟之事上丝毫不留情面。突然将他们这些读书人叫来贡院,说要进行一场特殊的考试,考他们什么,莫不是皇上派他来广州秘密选拔人才?

试卷发下来,考生们都愣住了。试卷上只有一行字:"你认为广州谁在贩卖鸦片?"

原来这位钦差大臣找来他们这些读书人,是想打听谁在贩卖鸦片。

考生们搜肠刮肚,将自己知道的名字都写在了试卷上。林则徐命人将名单整理出来,好家伙,现在他可掌握了一份广州烟贩子的最全名单。

他命官兵将名单上的人都抓来审讯,有贩卖鸦片的就处置,没有的就放回去。

"大人,十三行怡和行的伍行主求见。"

"他来干什么,他家的鸦片都上缴了吗?"

"大人,他说有非常紧急的事要见您。"

"叫他进来。"

"林大人,我有非常机密的事情要和大人说。"伍行主凑近林则徐,一脸神秘,眼珠左转右转,"可否叫您的手下……"林则徐沉吟一下,让其他人先出去。

屋里只剩下两个人,伍行主又靠近一步,拿出一个包裹:"大人,这是一点微薄家资,也是我的一点心意,请您笑纳……"

林则徐的声音炸雷般响起:"你搞什么名堂!你的鸦片都缴清了吗,洋商那里的通告都清楚了吗?我要的可不是钱,而是你们私藏的鸦片。如果你们不全部上缴,那我要的就是你们的脑袋!"

伍行主低下头:"明白明白,我和其他行主已经分头将谕旨转达给颠地他们了。"

"你私藏的鸦片要一箱不留，全部上缴！"

"是是是……"

十三行的行主们交出了千余箱鸦片，可那些英国商人却没什么动静。

林则徐谨记道光帝"避免外衅"的提醒，不直接与洋商交涉，而是想到了"杀鸡吓猴"这一招。他命人将两位没有全部上缴私藏鸦片的中国商人抓来，当街问斩。

消息传到英国商人那儿，他们一直在密切关注禁烟的动态，没想到这位钦差大臣林则徐和以前的官员不一样，他这是要动真格啊！

洋商们急了，担心林则徐真的向他们下手。他们商议一番，决定先交出 1037 箱鸦片，探一探清政府的反应。

这一数字并不能让林则徐满意，他知道洋商们没交出来的鸦片，远远多于 1037 箱。

伍行主提到的颠地，是三位活跃的英国烟贩子之一。他决定先从颠地下手。一道传讯令被连夜送到了颠地手中。可颠地并没有前来，而是回复了一封信函，让林则徐亲笔签署一份护照，担保他二十四小时内能平安回国……

信函躺在桌上，林则徐盯着它，沉默了半天。看来颠地十分谨慎，这封信函字斟句酌，让人抓不住什么把柄。林则徐再次想起道光帝"避免边衅"的话，可眼下洋商们还藏匿着大量鸦片，如果就此罢手，等于前功尽弃。等风声一过，又会有大量鸦片出现在市场上……

那只有来硬的了！林则徐命人秘密通知广州城外英国商馆的中国仆役，让他们全部撤离；同时下令停止一切中外交易，派兵重重封锁商馆，断绝对商馆的一切供应。

商馆成了一座"孤岛"。那里面住着三百余位外国人，此时的他们等于失去了行动自由，也没有了水和食物供应……这下，英国驻华商务总监义律坐不住了。

义律要求进入商馆，和被困的英国商人们交涉。三天时间过去，被断绝一切供应、失去人身自由的英国商人，终于妥协了。

义律派人告诉林则徐，他愿意以英国政府的名义，劝告英国商人们交出鸦片，然后由他交给中国政府。

一箱又一箱鸦片从商馆的大门里源源不断地"吐"出来……迫于中国政府的压力，英国商人共交出两万余箱鸦片。

林则徐并没有就此罢休，他不仅要让鸦片在中国大地上绝迹，还要让那些向中国贩卖鸦片的英国商人离开中国，并承诺再也不踏上中国的土地。

阴雨连绵的五月，十六名英国商人阴沉着脸，在义律的陪同下登上船，离开了中国。

目送他们的，是林则徐那坚毅的目光。

三

公元 1839 年 6 月 3 日，久雨初晴。一大早，太阳就挣破了云层，将耀眼的光芒洒向大地，在翻卷的海浪上，落下点点光斑。

虎门海滩上，旗帜飘飞，人潮涌动，锣鼓喧天；连海浪也仿佛受到这热烈气氛的感染，奔涌得哗哗直响。

一座巨型观礼台横亘在沙滩上，居中端坐的，正是林则徐。

观礼台前的沙滩上，挖了一个巨大的坑，一条坑道通向大海。奔涌的海水被一道木闸隔开了。这是一个巨型销烟池。

▶ 《松柏双鹤图轴》近现代—徐悲鸿

此图是"金陵三杰"之一的徐悲鸿所作。画作中央立着两棵高矮、粗细不同的松柏，一鹤双足轻点柏枝，展翅欲飞，另一鹤于树下曲颈仰视。松柏一正一斜，仙鹤一高一低、一动一静，妙趣横生。

大坑四周，摆放着无数箱子、袋子，工役们还在源源不断地搬运。围观的人都知道，那里面装的是鸦片。

中午时分，一切准备妥当。林则徐一声令下，数声礼炮声响起，工役们将一箱箱、一袋袋鸦片倒入销烟池中，再倒入水和石灰。众人围着销烟池，用木耙、铁锄使劲地搅拌、搅拌。

销烟池腾起的烟雾越来越浓、越来越浓。池子里四处冒泡，仿佛一口煮着沸水的大锅……

满池鸦片都被石灰腐蚀，化成了泥浆。工役们将闸门打开，让泥浆冲入大海。

再打开一箱箱、一袋袋鸦片，倒入销烟池。

浓烟，沸腾的气泡，浓稠的泥浆……

再打开闸门……

销烟池足足沸腾了二十余天，直到近两万箱两千多袋鸦片全部被销毁。

望着重新归于空阔、干净的沙滩，林则徐思绪万千。一路走来的艰难，只有他最清楚。

他写了一份关于虎门销烟的奏折，快马飞传回京城。道光帝看完，眉目舒展，心情大喜，拿起红笔，在奏折上写下几个字："可称大快人心事。"

损失惨重的英国人不肯咽下这口气，8月，英军的战舰一路北上，逼近天津大沽口。

道光帝惊慌失措，赶紧派直隶总督琦善去与英国人"议和"。软弱怕事的大臣们纷纷指责林则徐，将这位"虎门销烟"的大功臣，指斥为罪人。

道光帝面对危急局势，让林则徐当"替罪羊"，将他一再降职。两年后的夏天，林则徐又一次被降职，这次他被"发往新疆伊犁，效力赎罪"。

即将奔赴西北荒凉之地的林则徐，在与妻子告别时，满腹悲愤，无处诉说。

两行泪水漫过妻子的面颊，她问他："你后悔吗？如果不去虎门，不那么大力销烟……"

林则徐轻声打断她："我不后悔，从来没有后悔过。"

妻子不再说什么，默默为他收拾行李。

深夜，一盏如豆灯下，林则徐回想起在虎门销烟的那段日子。那沙滩上的礼炮声、锣鼓声和欢呼声，还仿佛在耳畔回响。他又想起妻子的话，是的，他不后悔，从来没有后悔过。

他知道自己没有做错。那一年，他拼尽全力维护了国家的利益和尊严。

一腔悲愤，如海浪般翻涌而起，席卷了他。

他站起身来，提笔在纸上写下笔墨酣畅的两行字：苟利国家生死以，岂因祸福避趋之。

如果让他回到公元 1839 年，再做一次选择，他依然会义无反顾地选择禁烟，选择将英国烟贩赶出中国，还中国大地一片清明……

新孩子说写

回望历史人物

林则徐（1785—1850），字元抚，一字少穆，晚号俟村老人、俟村退叟、七十二峰退叟、瓶泉居士、栎社散人等，福建侯官（今福建福州）人。清代后期政治家、文学家、思想家、民族英雄。

林则徐主导了历史上著名的"虎门销烟"。他一生遍历地方，治绩卓著；对于西方的文化、科技和贸易持开放态度，主张学其优而用之；有《林文忠公政书》等作品传世。由他主持编译的《四洲志》，对晚清的洋务运动乃至日本的明治维新都具有启发作用。

追问我的行动

林则徐把抵御外来侵略和振兴中华看作自己的使命，主动作为，履职尽责，对自我和国家都担负起自己的职责，还中国大地一片清明。作为新时代的公民，我们是否也可以行动起来，劝说那些沉迷于吸烟的人，摒弃吸烟的不良习惯，选择健康生活呢？请思考以下问题：

● 你身边有哪些爱吸烟的人？他们通常都在哪些场合吸烟呢？沉迷于吸烟的他们，有着怎样的表现？

请写下说写"凤头"的关键词：

● 吸烟对人体有哪些危害？为了更好地劝说他们不要吸烟，你是怎样向他们讲解这些危害的？你还采取了哪些行动？

请写下说写"猪肚"的关键词：

● 你的劝说是否有了一定的效果？今后，你还会怎么做呢？

请写下说写"豹尾"的关键词：

根据你所写出的关键词，尽情说出你的心声吧。

请以书面语言进行口头表达，你就说写出了一篇题为《请不要吸烟》的文章，留下了一次向历史人物学习的成长烙印。

管仲

经世之才

时光的潮水，平静而无情地改变着万物。一个家族的兴衰，常常只是转瞬之间的事。

作为西周皇族周穆王的后代，管仲的父亲管庄也是才智杰出之人，曾官至齐国大夫。无奈官场险恶，时运不济，公元前723年，当管仲在齐国颍上（今属安徽）呱呱坠地之时，家道已经中落。

后来名垂青史的管仲，说起来是名门之后，其实小时候却是个苦命孩子。年纪很小时，父亲就死了，与母亲相依为命，生活贫苦。

少年时期，管仲到河南做生意，在那里认识了同是颍上人的老乡鲍叔牙。自此，管仲的人生中就多了一个惺惺相惜、对其不离不弃的好朋友。

当时，管仲的家境比鲍叔牙的要差很多，几乎所有经商的本钱都是鲍叔牙出的。可是，当赚了钱以后，管仲的分红却比鲍叔牙要多。身边有人看不下去，说："管仲不仁义！出钱的时候拿的少，分钱的时候却拿的多！"鲍叔牙却说："不许这么说！管仲家里穷，这些钱对他的作用比对我大。"

后来，两人一起在齐国被征召入伍，管仲三次上战场，三次都从阵地逃跑回来。人们讥笑他贪生怕死，鲍叔牙解释道，管仲不是怕死，而是因为家里有年迈的母亲，全靠他一人供养，才不得不那样做。

如此好友，夫复何求！管仲也想为鲍叔牙办些好事，报答这位好朋友。

结果，管仲满怀好意的行为，反而给鲍叔牙带来很多麻烦，还不如不办。人们又认为管仲没本事，不会办事。但鲍叔牙却不这样看。他告诉大家，管仲是个智慧超群、很有本领的人，事情之所以没有办成，是时机还没有成熟罢了。管仲后来多次告诉别人：生我者父母，知我者鲍叔牙！

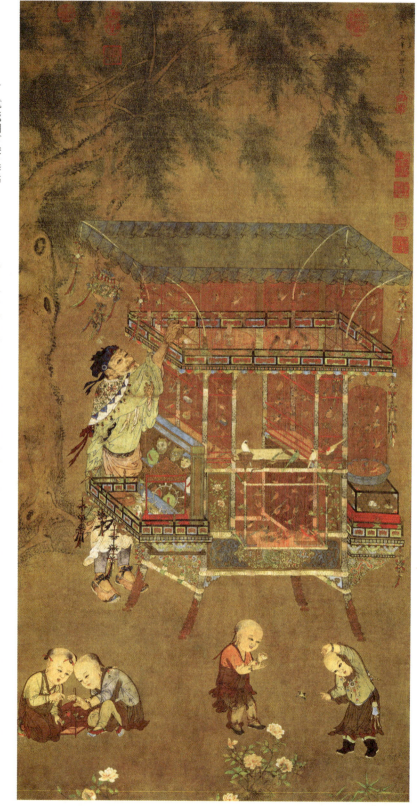

▶《货郎图》宋/李嵩

此图是宋代画家李嵩创作的团扇绢本水墨淡设色画。画作用简单的线描勾勒，沧桑古树下，货架上的货物琳琅满目，四小儿或蹲或站，两两在一起玩刚买的玩具，童趣十足。

无论是最初的经商，还是后来的从军，管仲和鲍叔牙这对好朋友始终同患难、共进退，他们一起游历过许多地方，接触过各种各样的人，见过许多世面，也积累了丰富的社会经验，经常在一起纵览局势、指点天下，胸中渐渐有了凌云之志。

但因为性格不同，两人的志向稍稍有点差异——

管仲梦想有朝一日能在国君身旁出谋划策，传授治国之道；鲍叔牙则向往心无旁骛的隐士生活，时不时点评天下事，惬意舒适。

当时正是诸侯势力均衡的时代，还未有诸侯称霸的先例，在管仲看来，这正是有志之士发光发热的时代。他再三鼓动鲍叔牙，鲍叔牙心动了，于是两人怀揣着搏一回青史留名的期盼，双双从政去了。

遗憾的是，两人效力的对象并不一致：管仲辅佐的是齐国公子纠，鲍叔牙辅佐的是齐国公子小白。鉴于当时的局势，两位公子都逃亡在外，公子纠投奔的是鲁国，公子小白投奔的则是莒国。作为两人的老师，管仲和鲍叔牙自然也只能各为其主，追随各自的主人在外避难。

不久，命运对这对好朋友开了个天大的玩笑。

齐襄公暴毙身亡，这给了流落在外的公子纠和公子小白一个回国的机会，同时也是一次较量。

而公子纠和公子小白的较量，也是管仲和鲍叔牙这对好朋友的较量。

按照封建社会"立长不立幼"的传统，管仲辅佐的公子纠有着明显的优势，朝中官员也倾向公子纠继位。

然而，从地理位置来看，鲍叔牙辅佐的公子小白所在的莒国毗邻齐国，能够在更短时间内回到齐国；一旦他抢先继位，大臣们也不敢反对。

为主而谋，必当竭尽全力，万死不辞，这是这对好朋友同样具有的责任心。命运的齿轮转动，让管仲和鲍叔牙这对好朋友走进了不是你死就是我亡的时局中——

管仲带了一支强悍的军队去围追堵截公子小白，并施以攻心术："第一，你想回国继位，那是天理不容的事情；第二，你应该充分相信你的兄长纠的能力。"

鲍叔牙的立场，当然也是为主而战。他大声替公子小白回应道："不劳你多管闲事！"

管仲瞅准机会，向公子小白射了一箭，公子小白立即倒地不起。

其实，管仲只是射中了公子小白的衣带钩，是鲍叔牙急中生智，小声叮嘱公子小白顺坡下驴，用装死骗过管仲。他们出其不意地赶在公子纠之前回到了齐国，并成功说服了齐国大臣拥立公子小白登上王位，也就是后来的"春秋五霸"之一——齐桓公。

而这边，管仲与公子纠认为公子小白已死，再没有人争夺君位，也就不急于赶路，他们六天后才回到齐国。而此时齐国已有国君。

胜者王侯败者寇。在齐国的施压下，鲁庄公杀死自己庇护的公子纠，并将管仲擒住，装入囚车，送还齐桓公发落。

齐桓公赢得了胜利，大喜之际决定封鲍叔牙为宰相。

鲍叔牙却对齐桓公说："管仲各方面都比我强，应该请他来当宰相。"

齐桓公惊讶地反问道："你不知道他是寡人的仇人吗？"

鲍叔牙回答："管仲是天下奇才，英明盖世，才能超众。"

齐桓公问："与你比较如何？"

鲍叔牙沉静地逐一指出了管仲比自己强的地方。最后，鲍叔牙问齐桓公："您是仅仅想杀掉一个仇人呢，还是想成就霸业？"

齐桓公听了鲍叔牙的话，大为震动。他不仅赦免了管仲，还果真任命管仲为宰相。

管仲也没有辜负鲍叔牙的推荐和齐桓公的信任，他殚精竭虑，专心治理齐国，充分展示了卓越的治国才能。

据载，在管仲和齐桓公之间，有一段精彩的对话。

齐桓公问管仲："要想使国家富强、社稷安定，从什么地方做起呢？"

管仲回答说："必须先得民心。"

"怎样才能得民心呢？"

"要得民心，应当从爱惜百姓做起；国君能够爱惜百姓，百姓自然就愿意为国家出力。"

"百姓已经富足安乐，兵甲不足又该怎么办呢？"

"兵在精不在多，兵的战斗力要强，士气必须旺盛。"

"士兵训练好了，如果财力不足，又怎么办呢？"

"要开发山林、盐业、铁业、渔业，以此增加财源。发展商业，取天下物产，互相交易，从中收税。这样财力自然就增强了，军队的开支不就可以解决了吗？"

鲍叔牙的识人辨人，齐桓公的知人善任，成就了管仲这位一代名相。管仲以经世之才与恪尽职守的责任心，为自己赢得了"华夏第一相"的美名。

少年时期和鲍叔牙合伙经商，虽然没有赚到大钱，却让管仲有机会彻底深入民间，了解民间疾苦，对世道和人心也有了更加深刻的洞察，积累了受用终身的隐形财富。

正因为管仲有了这段不可多得的人生履历，才有了后来齐国屡战屡胜的经济战，许多强国纷纷败在齐国的经济战略之下。

第一个败下阵来的是近邻鲁国。齐鲁两国历史渊源深厚，本应睦邻友好，却一直暗中较劲，互不相让。但两国之间的经济往来，却非常密切。

鲁国生产一种细白的绢布，叫"鲁缟"，以薄闻名。《三国志》中的"强弩之末，势不能穿鲁缟者也"，说的就是这种绢布。管仲打的，正是这种绢布的主意。他先是建议齐桓公和众大臣带头穿用鲁缟做的衣服，在齐国掀起一股以穿鲁缟为荣的浪潮。接着他又下令，禁止齐国人织缟，所有布料必须全部从鲁国进口。如此一来，鲁缟开始供不应求，价格上涨。鲁国百姓见织缟有利可图，纷纷放弃农事，加入织缟大军。

这时，管仲再下猛药，他颁布命令，对贩卖鲁缟的鲁国商人施以重奖：贩缟一千匹，奖励三百金；贩缟一万匹，奖励三千金。顿时，鲁国"家家纺机响，户户织缟忙"，肥沃的田地几乎全被撂荒。

眼看时机成熟，管仲突然下令，停止进口鲁缟。鲁国经济瞬间崩溃，鲁缟大量积压，粮食极度短缺，价格飞涨，鲁国人只能盯着堆积如山的鲁缟饿肚皮，同时向齐国购粮；管仲马上提高粮价，鲁国经济雪上加霜。不得已，鲁国只能屈从于齐国。

衡山国盛产兵器，衡山利剑，天下无双。管仲早就在谋划征服衡山国，不过，要想以武力攻打衡山国，肯定要费一番功夫。管仲先是派人到衡山国高价收购兵器。十个月后，燕、代、秦等国都跟着到衡山国收购兵器，可谓天下争购。看到这种情况，衡山国国君告诉宰相："各国都争购我国兵器，可将价钱提高十倍以上。"衡山国百姓于是纷纷放弃农业，转而打铁。

一年后，齐国派人到赵国收购粮食，赵国粮价每石十五钱，齐国却按每石五十钱收购。包括衡山国在内的诸国都运粮卖给齐国，就在各国为发财欢呼的时候，齐国突然封闭关卡、停止收购粮食和衡山国兵器。在夏收前，齐国宣布对衡山国出兵。此时，衡山国已经无粮可用，兵器也差不多卖光了，又不能在他国买到粮食，最终在经济和军事两个战场上一败涂地，只得举国降齐。

接着，管仲又将矛头对准了楚国。楚国强大，是齐国称霸最大的障碍，也是中原诸侯国中最大的威胁。管仲建议齐桓公营建百里鹿苑养鹿，并从楚国大量高价收购鹿，同时，以低价出售粮食。在齐国的哄抬下，鹿价飙升，楚人纷纷进山猎鹿，良田大量荒芜。

看到时机成熟，管仲忽然禁止粮食出口，同时禁止养鹿。这样一来，楚国粮食告急，粮价飙升，楚人无钱买粮。管仲又将粮食运到南部齐楚两国边境低价贩卖，楚人纷纷逃奔齐国。公元前656年，齐桓公率齐、宋、陈、卫等国陈兵楚境，楚国士兵无心恋战，楚王只好在召陵与齐国订立盟约。这便是历史上著名的"召陵之盟"。召陵盟成，齐国霸业达成。

齐国打的看似是经济战，实则是温水煮青蛙，不动声色地将对手置于深渊。类似的战术不胜枚举。可以毫不夸张地说，管仲是世界经济战的鼻祖。

回顾管仲的一生，他的巨大成就得益于少年时期就得到的两大财富，一是知交鲍叔牙，二是与鲍叔牙合伙经商获得的社会经验。也就是说，管仲一生的格局与成就，在少年时代就已经埋下了种子。

晚年的管仲得了重病，齐桓公前去探视，问他有什么遗言。管仲回答："希望君王疏远易牙、竖刁、常之巫和卫公子启方。"齐桓公对这几个人很是信任，对管仲的叮嘱有些怀疑。但是，管仲认为提醒齐桓公是自己的职责，这是对自己、也是对齐桓公和齐国百姓负责。

遗憾的是，管仲死后，齐桓公并没有听从管仲的忠告，而是仍然重用、信任他们，最终死于这几个奸人之手。

管仲对齐桓公的拳拳之心付之东流，但是，管仲的经世之才不仅造福了当时的百姓，而且他的智慧也随着那些故事，代代流传，哺育着后人。

回望历史人物

管仲（？—前645），姬姓，管氏，字仲，名夷吾，谥敬，颖上（今安徽颖上）人。春秋初期著名经济学家、哲学家、政治家、军事家、法家代表人物。

管仲任齐国国相时，辅佐齐桓公成为"春秋五霸"之首。其对内大兴改革、富国强兵；对外尊王攘夷，九合诸侯，一匡天下，被尊称为"仲父"，后人尊称为"管子"；被誉为"法家先驱""圣人之师""华夏文明保护者""华夏第一相"。

追问我的行动

管仲从失败走向成功，成为"华夏第一相"，是因为他积累了丰富的社会经验，了解百姓的需求，能以民为本，主动作为，履职尽责，在政治、经济、军事和外交等方面都有许多成就。请思考以下问题：

● 失败真的是成功之母吗？对此，你有怎样的观点？

请写下说写"凤头"的关键词：

● 你认为什么是失败，什么是成功？失败要转换为成功，必须做到什么？哪些事实能证明你的观点？而哪些事实，又能从反面来证明你的观点？

请写下说写"猪肚"的关键词：

● 从以上的论述中，你能得出怎样的结论？我们要坚持怎样做，才能让失败真正成为成功之母呢？

请写下说写"豹尾"的关键词：

根据你所写出的关键词，尽情说出你的心声吧。

请以书面语言进行口头表达，你就说写出了一篇题为《失败真的是成功之母吗？》的文章，留下了一次向历史人物学习的成长烙印。

比干
以死谏君尽大义

摘 星楼灯火璀璨，仿佛一个发光体，镶嵌在黑沉沉的夜幕上。

鼓乐声随风飘远，持续了整整一夜，似乎仍没有一丝疲意。每天夜里都是这样，一直喧闹到天际吐白。早朝议事时，纣王不停地打哈欠，东夷贼人扰民这样重要的事情，他好像也没心思理会，那响了整夜的鼓乐声仿佛还在他心头回荡。

站在王座前的比干，心里似翻江倒海，太多的话翻涌着，令他不吐不快。

遥想当年，纣王刚刚即位时，血气方刚，听说徐州一带有军队作乱，他跨上战马，亲率大军东征，直打得作乱军队如落花流水一般。最后，乱军首领被反绑双手，嘴里衔着他们视为国宝的玉璧，拉着一口棺材，穿着一身孝服，来向纣王求饶。

纣王带领军队一鼓作气，一直打到长江下游。所到之地，东夷部落纷纷俯首臣服。

纣王凯旋时，比干带着大臣们走出城门很远去迎接。那时，他打心眼里喜欢这位年轻的大王。百姓们也自发地去迎接纣王，欢迎的人群里，有人唱起歌谣"纣王江山，铁桶一般"。原以为那样的日子会一直持续下去，商国会在纣王的领导和管理下，军队强大，百姓安乐，国家越来越富强，可谁知……

比干一挺身，站了出来。他还没开口，纣王就皱起了眉头，用手捂住嘴，

▶《山雨欲来图》局部 /
清 / 袁耀

此图是清代袁耀创作的绢本设色画。画作既有工笔画细腻严谨之美，又有写意画空灵疏淡之美。刻画细致的树木、房屋，与远处的高山、云彩形成对比，高山、房屋的静态与树木、云彩的动态结合，构图精妙。

一连打了几个哈欠。他看起来疲惫至极，巴不得赶紧下朝，去做他的春秋大梦。可比干不打算成全他，眼见得大王有过错，身为大臣，且是先王托孤的重臣，他有不可推卸的进谏君王的职责。他不能坐视不管。

"大王，东夷之乱不可轻视，他们扰乱当地百姓的生活，令百姓不能安居，无法种田，长此下去，我们的国土面积会越缩越小……还有，当前的赋税徭役太重，很多百姓承受不起，苦不堪言，我们要减轻百姓的负担，让百姓能安心种出更多的粮食，这样国力才能强盛……"

"好了好了，这些寡人都知道了。东夷的事，不是安排那谁谁去处理了吗……"

"大王，只怕……"

"好了，今天早朝就到这里吧。寡人有些不舒服，要去看御医……"

纣王哪是去看御医，他又去了摘星楼，招来妲己和宫女们，继续笙歌曼舞，饮酒作乐。

比干听到消息，不由得长叹一口气。大王如此荒淫度日，是做臣子的羞耻啊！

夜里，比干遥望灯火通明的摘星楼，听着喧腾的歌乐声，心如刀绞。建成这座摘星楼耗费了大量的人力和财力，当初动工时，遭到比干、微子、箕子和众多大臣的反对，可纣王一意孤行，一心想要取悦妲己。这座楼建起来后，纣王就天天和妲己泡在里面，笙歌曼舞，连朝政都没心思管了。纣王还一时兴起，将国都的名字也改成了朝歌……

原本英武有为的纣王，怎么会变成这个样子？比干劝纣王去太庙祭祀祖先。在太庙，比干趁机和他讲历代圣明君主的故事。像那商汤，历尽艰辛，不知吃了多少苦，才创下基业；还有先王，自己动手用茅草盖屋，住在那样的屋子里，冬天寒风吹，夏天烈日晒；也有先祖非常有自控力，喝酒从来不会超过三杯，生怕因为贪杯耽误了国家大事……

比干越讲越来劲，纣王却心不在焉地听着，心不在焉地点头。从太庙回来后，纣王没有丝毫改变，而且还越来越荒唐，越来越不像话了。

纣王在宫里建了个池子，里面倒满了酒，还将肉一条一条挂得到处都是，说这是他最喜欢的"酒池肉林"；而他，就想醉生梦死在其中，不愿从"美梦"中醒来。

不少大臣进谏，纣王不仅不听，还责罚那些大臣。于是，敢于进谏的人越来越少。但比干不能后退，他是纣王的皇叔，也是国家重臣，即使冒着失去生命的危险，他也要指出纣王的错误，将他从荒唐的醉生梦死中唤醒，这是忠臣的本分。

二

比干和微子、箕子围坐在一起，纣王的行为，他们看在眼里、急在心里，都觉得不能再任由大王肆意妄为了。否则，不只是纣王，连他们也将成为商国历史上的罪人。

比干和微子、箕子三人商定，一定要冒死进谏，且三人轮番进谏，不将纣王这匹烈马拉回头，誓不罢休。

第二天，箕子先去劝谏纣王。还没说几句，纣王就大动肝火，将他关进了牢房。

微子没有被吓住，他按照三个人的计划，随后去劝谏纣王。但无论他说什么，纣王都不听、不理。微子说破了嘴皮，说痛了心，失望至极，抱着祖先的祭器离开了朝歌。

箕子和微子的遭遇，都在比干的预料之中。

有一位大臣曾进谏达七十多次，也丝毫不能令纣王认错、改过。那位大臣后来投奔了西伯姬昌。还有一些大臣，看纣王不知悔改，绝望之下也纷纷投奔他国。

但是，这不是比干想选择的道路。他誓与商国共存亡。

为了商国和商国的百姓，比干要冒死直谏。

比干昂首阔步地走上摘星楼。楼里鼓乐喧天，舞女们正舒袖扭腰。纣王一手搂着妲己，一手握着酒杯，满面绯红。

比干直直地走到大殿正中，挺立在舞动的宫女中间，众人这才惊觉。宫女们停下舞姿，惊诧地望着他。

纣王和妲己也面露惊异之色，但是很快，纣王就反应过来，故作轻松地举起酒杯："太师，你来得正好，这是宫女们新排的舞蹈，你快坐下一同欣赏。"

比干双膝一屈，跪在了大殿中央。宫女们见此情景，赶紧退了下去。

纣王自然知道比干为什么前来，也知道又一场喋喋不休的劝谏即将开始。他的脸色阴沉下来，将酒杯重重搁在桌上。

这声音令在场的宫仆浑身一颤。但比干的身躯却依然挺直，一动不动。

"大王，你将箕子贬为奴隶，关进了牢房；你将微子喝退，令他失望地远走他乡；还有很多大臣，他们现在都背离大王而去。"

纣王一只手撑在大腿上，垂下头，一言不发。

"想当年，大王东征归来，群臣和百姓都自发出城去迎接，百姓高唱'纣王江山，铁桶一般'，那时百姓是多么爱戴大王啊！而如今的商国，大臣出走、叛离，东夷依然作乱，百姓承受着沉重的赋税徭役，食不饱、穿不暖；而大王你，心里想的不是国土的安危、百姓的苦乐和国家的未来，而是一味沉浸在酒香和歌舞中，一天比一天消极，一天比一天懈怠。国家需要圣明的君主，百姓需要有作为的君王，如果大王还是继续像这样荒唐度日，我比干愿意一死，用我的一腔热血唤醒大王……"

纣王依然垂着头。大殿里安静极了，宫仆们连自己的呼吸声都听得一清二楚。

比干知道纣王这是想用不听、不理的办法来对付自己，就像他应对微子的劝谏一样。

可比干不会拂袖而去，也不会就此罢休。来之前，他已经下定了决心，也嘱咐了家人，做好了死谏的准备。

膝盖处隐隐作痛，毕竟年岁不饶人，比干已经跪了一个多时辰。

纣王终于开口了："太师，寡人知道你一片苦心，也敬你是叔叔，你赶紧起来吧，坐下来，我们一起喝一杯。你放心，有我们，商国的江山……"

比干摇摇头道："大王啊，我说了那么多，你还是没有入耳、入心啊，国家的事不是小事，不是喝一杯酒、听一首曲、看一段舞就可以解决的。你不用心去管理，不安心于朝政，商国的江山怎么可能稳固长久？我和你讲过那么多先祖的事例，那些贤明的君主，没有一个不是辛劳执政，一心为国为民的，这才有了商国现在的基业……"

纣王抬起一只手，打断了比干的话："太师，你怎么那么固执呢！寡人已经不是小孩子了，治理国家寡人有自己的一套方法，你不要再说了……"

比干不但没有住嘴，反而提高了音调："大王，昏君误国的事例，自古以来有很多很多。大王是读过很多书的人，那些事例你也是知道的……"

"你住嘴！什么昏君，什么误国，寡人看这商国的江山好得很、稳固得很，你不要天天唠叨来唠叨去，翻来覆去说些废话、丧气话……"

纣王动了气，宫仆们缩紧身子，生怕纣王迁怒于他们。他们在心里暗暗为比干捏了一把汗，箕子的遭遇还历历在目，纣王今天的怒气更胜过那日。可比干还是不肯停嘴，而且越说越激动，竟然和纣王争吵起来。

比干挺直身子，用手指着纣王，历数他做过的一桩桩一件件荒唐事。纣王脸上红一阵白一阵，终于，他站起身来，用力一摔衣袖，走出大堂，走下了摘星楼。

三

比干依然跪在大殿正中。即使这里已经空空荡荡，只剩下他一个人。太阳已经西沉，月亮慢慢爬上了中天，月光将他的身影映在地板上，显得那么单薄凄凉。他还是没有站起身来。

这是他的固执、他的倔强。

不时有人向纣王报告比干的情况，纣王听了连连摇头。妲己不解道："大王可以将箕子关进牢房，为什么不将比干……"

"比干是大忠臣，他一心为了这个国家。"

"可这个忠臣现在不听你的，反而来指责你、怪罪你……"

纣王叹一口气，痛苦地闭上了眼睛。

三天过去，比干还跪在原地，只是身子挺得没有那么直了。宫仆送去的食物，他完全没有动过。

"他这是要以死相逼啊！"纣王的眉头上像嵌了一朵梅花。因为这个固执的大臣，摘星楼里已经三天悄无声息了，他必须结束这一切。

纣王走进大堂，妲己跟随着他。纣王望定比干，问道："你这样坚持，真的是一心求死吗？"

比干抬眼望着他："君王有直言劝告的大臣，父亲有直言劝告的儿子，士人有直言劝告的朋友，我身为大臣，自然有应该尽到的大义。"

纣王大声问道："什么是大义？"

比干声音不大，但语调铿锵："夏桀不行仁政，丢了天下。大王难道也想学这个无道的昏君吗？大王不怕丢了天下吗？我今天坚持进谏，就是为了大义！"

纣王十分震怒，这比干竟然将他比作夏桀，当作昏君，真是大胆！妲己在一旁插话道："太师的话，说得太过无理。大王如此英明，夏桀怎能与大王相比？"

比干骂道："闭嘴，你这个祸国殃民的女人！请大王将这女人赐死……"

一股怒气冲上纣王的头顶："住嘴！好你个比干，你要当圣人，你要当忠臣，寡人听说圣人的心有七窍，寡人倒要看看你比干的心，是不是有七窍！"

比干听了纣王的话，凄然一笑道："君要臣死，臣不能不死。天地可以为我作证，我比干一片忠心，为国、为民，死而无憾！"

比干被纣王杀害了。他是历史上记载的第一位以死谏君的忠臣，青史留名。

新孩子说写

回望历史人物

比干（生卒年不详），沫邑（今河南淇县）人，封于比邑（今山西汾阳），故称比干，也称王子比干，殷商王室的重臣。

其幼年聪慧，勤奋好学；被授以少师，辅佐商王帝乙。接受托孤之重，辅佐商纣王帝辛。历经两朝，忠君爱国，为民请命，敢于直言劝谏，舍生取义。其从政四十多年，主张鼓励发展农牧业生产，提倡冶炼铸造，富国强兵。

追问我的行动

比干是中国历史上以死谏言的忠臣。他忠君爱国，为民请命，敢于直言劝谏，舍生取义。比干的精神激励着我们主动作为，履职尽责，对自己和他人负责，担负起自己的使命。请思考以下问题：

● 生活中，你劝过架吗？你曾经看到过什么人因为什么事发生了矛盾冲突？

请写下说写"凤头"的关键词：

● 你是怎样详细了解情况的？又是怎样想方设法劝说他们的？他们又有怎样的表现？

请写下说写"猪肚"的关键词：

● 劝架成功后，你的心情如何？为了不让类似的事件再发生，你又是怎么做的？

请写下说写"豹尾"的关键词：

根据你所写出的关键词，尽情说出你的心声吧。

请以书面语言进行口头表达，你就说写出了一篇题为《劝架》的文章，留下了一次向历史人物学习的成长烙印。

单元拓展

　　亲爱的伙伴，本单元的内容，是希望你能主动作为，履职尽责，对自我和他人负责。

　　在本单元中，你最喜欢哪个人物？对于这个人物，你还有什么想法呢？请你写出关键词，连线画出导图，让你的记忆更深刻、思考更深入、说写更精彩吧！

明辨是非，遵规守法，积极
履行义务，理性行使权利

◎ 有的人面对规则的束缚，只希望束缚
他人，而自己获得特权。

有的人面对权力的诱惑，只希望尽快
拥有，而忽视应有的付出。

人云亦云是简单的。但是，是与非，
和人数多少并无关系，却和你的修养直接
相关。

行使权利是简单的。但是，在义愤之
时，如何保持理性，并无规定。

程颢
仿佛那煦暖的春风

阳春三月，大地上的草木茁壮生长，莺蝶飞舞。生机盎然的春景，宋神宗看在眼里，却不能让他心头丛生的焦虑消解。

刚刚即位的他，十分清楚国家当下面临的困境——边境多地告急，契丹等外族虎视眈眈；国库空虚，根本拿不出钱来充实和发展军备；臃肿庞大又效率低下的官员机构运转不灵，很多政令不能顺畅地下达、实施。

王安石等几位激进的大臣，一再提出要进行全面彻底的改革。但改革不是小事，意味着要打破旧有的一套秩序。说实话，他心里没底。

"治理国家的当务之急，应该从何处着手？"相同的问题，他已经问了许多位大臣。此时，他又向王安石提出了这个问题。

"皇上，我觉得当下最重要的国务是'理财'。强兵卫国、安顿百姓，都需要足够的财力支撑，否则就是一句空话。我们必须开源节流，大力发展农业生产，这是我们国家的经济基础。只有经济基础坚实了，才能真正实现国力强盛，也才有力量去抵御外敌，让百姓过上丰衣足食的生活……"王安石侃侃而谈。

"朕看了你的改革建议和方案。很好，我们就从'理财'入手！"宋神宗终于点头同意了改革方案，这令王安石十分兴奋。

"就由你全权主持改革事宜，不知你有什么需要？"

"还请皇上钦定几位有能力、有才干的大臣，作为改革的智囊团，共商

◀《石门二十四景图·曲沼荷风图》局部/近现代/齐白石　　此图是齐白石应好友胡廉石之邀所作。画作给人一种恬静悠然、舒适自在之感。微风轻漾，柳枝摇摆，绿荷稍倾，淡淡的荷香仿佛迎面扑来，让人心生惬意。

改革大计。"

"好，你看谁合适？"

"程颢。他担任地方官有不少年头了，将地方治理得井井有条。听说他学识渊博深厚，性情平和沉稳，可以信赖和倚重。还有苏辙……"

宋神宗当即钦定程颢为"熙宁变法"智囊团的人选之一。为了自上而下有效地推行新法，王安石派程颢和苏辙等八位大臣到全国各地走访，了解关涉农田、水利、赋税徭役等方面新法的执行情况，倾听百姓的反馈。

程颢一身布衣，走向了田间地头。

他在田畴上和种田的老人攀谈；他在河堤上询问挖水渠的小伙子；他走进农户家中，询问他们的收成和缴纳赋税的情况……亲眼看到、亲耳听到的一切，让程颢对新法有了自己的看法。

"大人，从目前新法执行的情况看，我觉得应该更加审慎地推行……"听了程颢的汇报，王安石来来回回地踱步。

新法执行没多久，朝野上下一片反对之声。那些反对的大臣，都主张遵循旧制，不要进行变革。

前天早朝议事时，王安石和司马光就争得面红耳赤。

"你所谓的'开源''理财'，就是变着法子地剥削百姓，让百姓雪上加霜，苦上加苦！"司马光的指责，让王安石十分难受和气愤。

幸好宋神宗听了大臣的意见后，还是选择支持他。司马光一气之下，辞去官职离开京城，回洛阳写他的《资治通鉴》去了。

现在，智囊团成员程颢也说，变革的步子不能迈得太大、太快。这让王安石不得不深思。可他还是觉得自己是对的，他的所有举措都是为了让这个国家变得更加富强，让百姓过上好日子。正因为如此，他对那些竭力反对，甚至对他进行人身攻击的大臣，感到十分愤怒。

"变法的初心是好的，但从实施的具体情况看，确实存在很多问题……理想和现实之间的落差，是需要我们进行反思的。而且，大人想过没有，那么多人站出来反对新法，新法肯定难以顺利地进行下去……"

已是深夜，王安石还没歇息，程颢的话一直在他耳边回响。

走访一圈回来后，程颢站到了新法反对者的阵营，而且态度越来越坚定。

这是王安石没有想到的。但程颢和那些厉言反对他的大臣不同，他语气温和，态度诚恳，客观地分析新法的利与弊，摆出事实，说得有理有据，而不是一味地横加指责。

这段时间，王安石火气大得很。他承受着巨大的压力，几乎天天都在和人争论，甚至是对骂。

那天，一个大臣的指责，让王安石再也克制不住，当着皇上的面和他争吵起来了。那一刻，他成了风暴本身。他要用语言的风暴，还击那些反对的声音。

刚好程颢来汇报工作，看到了王安石大发雷霆的一幕。

等到风暴停息，众人散去，只剩下程颢和王安石时，程颢才不慌不忙、不疾不徐地对王安石说："既然讨论的是天下大事，那就不是一家人私下的争论，还是要平心静气地说和听……"

一语惊醒梦中人。王安石这才意识到自己刚才太过失态了。是啊，国家大事，怎么能够意气用事呢！这可是大忌啊！

自此，王安石心里对程颢多了一分敬意。程颢虽然对新法持反对意见，但他从来不会重言责骂，总是用像春风一样温煦的语调提醒他、劝告他。方才他也没有当着众人的面反驳自己，而是在无人时，好言提醒自己，这正是君子的作风；再想到程颢平时对自己的规劝，有不少说得在理。

"安或危的根本，在于人情。治乱的最好时机，在一开始。许多人如果打心里不赞同，那说什么他们也不会信服。只有众人同心协力，做的事情才能成功……"

"天下之事本来很简单，只要顺道而行，就没有做不成的……"

"改革应该'以义为先'，但现在的新法是'以利为先'。义和利不是不能统一，但必须'以义为利'，而不是相反……"

"现在以'理财'为核心的变法，如果只是'兴利'，导致人人都去追求钱财利益，且那些'兴利'的大臣受到重视提拔，崇尚德行的风气就会日渐衰微，这不是朝廷之福啊！"

程颢的劝告和大臣们的反对，并不能让王安石止步。宋神宗的支持，让王安石对新法激情不减、固执不减。

但凡反对新法的官员，王安石都不留情面——有的官员被降职，有的官员被贬出京城，有的官员被发配到荒凉的边地。程颢也主动提出辞官，王安石却没有怪罪他，反而建议宋神宗任命程颢为提点京西路刑狱。

在一大批被贬谪的官员中，这一道任命十分惹眼，可以算是特殊的厚待。

但王安石没想到，程颢竟然不愿意领受这份厚待，而是坚决推辞，不愿到任。

虽然程颢没有对王安石说明缘由，但王安石了解他的为人，知道他是坚持自己的主张、坚守真理的人。在反对新法的前提下，他不愿意被人当作是站在王安石一边、支持新法的人。他以辞官的方式，向天下人宣告了自己的立场。

因为懂得，所以慈悲。程颢的辞官，让王安石对他的敬重非但没有减少，反而又增加了一分

消息传出，远在长安的司马光也不由得赞叹程颢公正、率直。

坦然一梦，睡到自然醒，阳光已经透过窗棂照射进来。在清亮的晨光中，程颢从容起身。

洗漱一番后，他信步走到室外，赏看斑斓的秋景。眼前的万物缤纷有序，是那般怡然自得，像此刻的自己一样，呈现出安适从容之态。

程颢静静地看了一会儿，心里不由得感慨：春夏秋冬，循环往复，每一个季节都有独特的风光，需要人用善于捕捉美的眼睛和一颗宁静的心，去充分地感受，自然能体味到其中无穷的乐趣。当一个人能以平常心去看待世间的一切，宠辱不惊，不为富贵所动摇，不为威逼所屈从，就是真正的英雄豪杰……

这番感悟，被程颢写进了《秋日偶成》这首诗中。这是他生活的常态。每天，他从容起卧、读书、研学、讲课、和弟子们对谈，身心安宁，神思通透，这是他所追求的理想生活。

"先生，听说你原来当官时，断过不少案子。可否说一个来听听……"一个弟子好奇地请求道。程颢断案智慧、果决的传闻，弟子们早就听说过，却难以和眼前这位平和、儒雅、从容的师者的形象对应起来。

程颢淡淡一笑："那就讲一个吧。"

众人围拢过来。

"那还是我刚刚上任鄠县（今陕西西安西南部）主簿的时候。当地有一个百姓，借了一户人家的宅院居住，他偷偷挖出了主人埋藏在地下的钱币。那户人家的儿子知道了，来官府控诉，说那些钱币是他父亲藏在地下的。可租户说是他自己藏在地下的钱。县令就要他们各自拿出证据来……"

"是呀，断案讲究的就是证据。那人的父亲还健在吗？"一个弟子问道。

"当然不在了，要不也不会告到县衙去。"一个弟子抢着回答道。

程颢不疾不徐地继续说道："我对县令说，这件事并不难判断。我转头问那个告状的儿子，你父亲将钱币埋在地下多久了，他说有四十年了。我又问他，那户人家租住你家宅院多久了，他说二十年。我让差役拿了一万枚钱币来，仔细一看，心里有数了。"

"先生，那人的父亲是不是在钱币上做了记号？"

大家都好奇地盯着程颢。

程颢摇摇头："不是。我对租户说，现在官府铸造的钱币，不过五六年时间就满天下流通了，这些钱是在你租住这房屋二十多年前铸造的，你为什么说是自己的呢！那个租户听到这句话赶紧认了罪……"

"原来如此。先生是推理出来的……"众弟子恍然大悟。

"记住，凡事都有道理可循，抓住了这个'理'，就能做出正确的判断。"

"先生，你断的案子肯定不止这一个，再给我们讲一个吧！"

"那就再讲一个。我想想，那是我在晋城当县令的时候，县里有一个姓张的财主，人称张三翁。他去世后，有一个老头来敲张府的门，对张财主的儿子说，我才是你的亲生父亲。那张府少爷大吃一惊，既不相信，又怕万一是真的，于是，他带着那个老头来了县衙。"

"张家少爷继承了大笔财产，那老头莫不是冲着钱来的吧？"

程颢不置可否，继续说："那老头说，他是个江湖游医，经常出门为人看病，妻子生下孩子后，因为家里太穷，就将孩子送给了张财主……"

"假的，肯定是假的！"一个弟子叫道。

"万一是真的呢？"另一个弟子反驳道。

"别吵别吵，快听先生讲。"

"我就问那个老头，你有没有什么证据？那老头拿出一张纸，上面写着'某年某月，将儿子送给张三翁家'。我一看这纸条，心里就有数了。"

"先生心里又有数了，我心里可还是糊涂的呢！"一个弟子急着说道。

众人都笑了，程颢也笑了，接着说道："我对那老头说，张财主那年才四十岁，怎么会被人称为张三翁呢？"

"哦，一个'翁'字让真相大白啊！"

"先生，你太有智慧了，我怎么就没想到呢！"刚才说话的弟子，拿手挠头，一副憨态。

"不是我有多少智慧。生活中，事事、处处都有道理可循，只是需要我们用心去体察、辨析。"

"先生，你常常说日常生活中，一件简单的事情也许就包含着哲理和智慧，可为什么我领悟不出来？是我太过愚钝了吗？"

"观物于静中，皆有春意。善于感受和领悟的心，要平静、清明、从容，才能做到细细体味，也才能体味到万事万物中的'理'啊……"

座中有一位叫朱光庭的弟子，是慕名来汝州听程颢讲学的。一个月后，他回到家，有人问他："你听程颢先生讲课，是什么感受啊？"

他一笑说："我像是在春风里坐了一个月……"

回望历史人物

程颢（1032—1085），字伯淳，号明道，世称"明道先生"，洛阳（今属河南）人。北宋理学家、教育家。

程颢和弟弟程颐同为北宋理学的奠基者，世称"二程"，其学说在理学发展史上占有重要地位，后来为朱熹所继承和发展，世称"程朱学派"。亲撰《定性书》《识仁篇》等，后人集其言论所编的著述有《遗书》《文集》等，皆收入《二程全书》。

追问我的行动

积极履行公民义务，将自身的才能尽可能地展示；有理不在声高，理性行使公民权利，才能担负起社会责任。请思考以下问题：

- 你有过和别人观点不一致的时候吗？那是在什么时候？发生了什么事？

  请写下说写"凤头"的关键词：

- 别人的观点是什么？你的观点是什么？你们在哪些地方产生了极大的分歧？你们是怎样有理有据地说服对方的？

  请写下说写"猪肚"的关键词：

- 最后，是谁成功说服了谁？你从中有怎样的收获？以后，你还会怎么做呢？

  请写下说写"豹尾"的关键词：

根据你所写出的关键词，尽情说出你的心声吧。

请以书面语言进行口头表达，你就说写出了一篇题为《有理不在声高》的文章，留下了一次向历史人物学习的成长烙印。

包拯

"阎罗"包老

一

<big>晨</big>曦微明，江面上氤氲着蒙蒙水汽，仿佛一幅淡淡的水墨画卷。端州（今广东肇庆）的百姓早早地便聚在了江边，等待包拯的身影在远方出现。

人群中有一位刘老汉，他在西江边生活了一辈子，对这里的一切都了如指掌。包拯来端州任知府前，这里水患频繁，水利设施欠缺，每当汛期来临，端州城郊就沦为"泽国"，两岸百姓深受其苦。

听说包拯是一位一心为民的好官、清官，百姓都盼着他的到来，希望他能为多苦多难的端州带来福音。

远远地，一顶轿子出现了，不知是谁大叫了一声"来了，来了"，顿时，欢呼声仿佛涌起的浪头漫过了人群……

来到端州的包拯，忙着查看山川地形，走访两岸百姓，将前任知府修筑的堤围加固，又将堤围向西构筑，一直延伸到龟顶山下。这样，既增强了抗洪功能，又大大增加了可耕种的土地。包拯还找来制造铁犁嘴的工匠，教会了百姓们改良耕作工具。刘老汉做梦都没有想到，短短两三年，包拯竟将端州这片蛮荒之地，改造成家家户户米粮满仓的丰饶之乡。

"爷爷。"一个脆生生的声音打断了刘老汉的回忆。

刘老汉转身，看到妻子领着一家人从人群中挤了过来。刘老汉怜惜地拉着孙子的小手，问道："你怎么带小柱来了？"

◀《丛林曲调图》局部 /
明末清初 / 王时敏

此图为山水画"娄东派"的开山鼻祖王时敏所作。画作中山峰入云，山峦起伏，屋舍掩映，涧水蜿蜒，岸边杂树成林；大中有小，粗中有细，虚实结合，笔法隽永。

"包大人是咱们的恩人，怎么能不来呢？想当初，咱们端州瘴疠横行，百姓多病多灾。那时，小柱得了疳积，咱们只知道四处求神问卜，任由巫医给小柱灌了好几日西江神水，折腾得孩子半条命都没了。幸亏包大人请来大夫，才救回小柱这条命。他又在端州凿了七口井，才让我们免了疾病之苦。如今，包大人要上京赴任，你看看端州百姓谁家不来送行？"说着，刘老汉妻子抹起了眼泪。

不知什么时候，太阳升起来了，明晃晃的阳光笼罩着端州。包拯站在船头，不停地向两岸百姓挥手告别。

六月的天说变就变，刚刚还艳阳高照，转眼间，天空中突然乌云密布，接着下起了暴雨。江面上波涛汹涌，难以前行，包拯只好命船工先靠岸停船，等待浪平再行船。望着大雨，包拯想起临出发时一位船工悄悄告诉他的话："包大人，我看到有人将端砚偷偷带到了船上。"

刚刚百姓们前来送行，包拯没有时间彻查。现在大雨骤降，不如趁着等雨停的工夫，彻查此事。于是，包拯将众人召集到一起，厉声问道："今日突然天生异象，一定是我们中有人做了对不起百姓的事，所以上天才会将我们困在这里。到底是谁做了贪污枉法之事，快快出来认罪。"

包拯话音刚落，一声惊雷炸响在船顶，吓得众人心惊肉跳。不多一会儿，包拯的随从包兴哆哆嗦嗦地从人群中站了出来，手里举着一方端砚，说："大人，这是端州百姓们的心意，他们怕您不收，便托我带上船。"

包拯看到包兴手中的端砚，心里顿时涌出一股莫名之火。端砚为名砚之首，用端砚研墨，发墨快，研出的墨汁细腻丝滑，书写流畅不损笔，字迹颜色经久不变，文人墨客纷纷以有端砚为荣。每年，朝廷都规定砚工们制作一定数量的精品端砚贡给朝廷。可是要制造一块精美的端砚相当耗费工时，砚工们夜以继日地打磨，也要一个月才能制成一块。

包拯来端州之前，凡是到这里做官的人，除朝廷要求的贡砚外，他们额外加征大量的端砚，以此为"敲门砖"贿赂权贵，从而实现升官发财的目的。这可苦坏了当地的砚工们。为了减轻他们的负担，包拯担任端州知府后，下令只按照朝廷的定额生产贡砚，任何官员都不准多加一块，否则给予严惩。而他作为端州知府，更是以身作则，从不用端砚。

谁能料到，自己卸任的最后一日，身边的人竟然违抗自己的命令，私下收了端砚！包拯怒斥道："真是糊涂！我身为知府，怎么能知法犯法？"

船工所举报的端砚已经找到，本来这件事就算完了，可是包拯转念一想，这块砚台是百姓所送，船工怎么会举报呢？怕是这船上还私藏着别的砚台吧！

"这船上还有没有贪污之物？通通交上来！"包拯厉声问道，船内一阵沉默。

包拯命人在船上查了一圈，却一无所获。就在这时，包拯发现船身下隐约垂着一根长长的绳子。待将绳子拉上来，只见绳子那头系着一块用油纸层层包裹的砚台。

"大人圣明，这块砚台是下官买的，怕人误会，所以才把它系到船下。"随行的人群中，一位姓吴的文书见再也隐瞒不住，便扑通一声跪在地上。

包拯将手一挥，冷笑道："倘若真是你买的，为何不敢光明正大地带着？更何况，你的官职在我之下，我都买不起一块端砚，你又如何买得起？看来你贪污了百姓不少雪花银，此事待回京后细审。"

吴文书见无法抵赖，只好承认自己犯了贪污之罪。船上的人纷纷感叹包拯清正廉明，在端州任职三年不带一块砚离开的美名更是远传京城。

二

凭着清廉刚正之名，包拯在京担任了监察御史之职，负责纠察官邪、肃正纲纪，大事则廷辩，小事则奏弹；既要揭发、弹劾违法乱纪的官吏，还要向皇帝上疏谏言。包拯明白自己肩上的重任，从来不敢懈怠。

一日，包拯穿着便服在乡里体察民情，走到半路口渴难耐，便到凉亭喝茶休息。凉亭里的人不多，几位年轻人正围在一起喝茶品诗，包拯看他们的模样，应该是进京参加科举考试的读书人。

"今年科考放榜，各位同窗要记得多往脸上抹些黑灰。要是像去年的状元冯京一样，被国丈张尧佐看中了，那可就惨了。"

"高兄这是何意？去年的状元不是马凉吗？"

"齐兄初次进京，还不知道里面的曲折。去年，误把'冯京当马凉'的事情传遍了整个京城啊。今日闲来无事，我便和你说说。要说这冯京长得真是一表人才，又以乡试、省试第一的成绩进京赶考，当时京城都传此科状元必定是冯京。国丈张尧佐知道了，就想把小女儿嫁给冯京。可是冯京十分清高，不想攀附国戚，便拒绝了。谁知，张尧佐恼羞成怒，就派心腹告知当时的考官，让他在殿试中刷掉冯京。冯京知道张尧佐必会挟怨报复，便在考试时，将自己姓氏前面的两点移到后一个字前，改成了"马凉"。这才有惊无险，有了后来的状元马凉……"

几位读书人仍在议论冯京和国丈张尧佐的事情，旁边听着的包拯早已怒火中烧。平日里，包拯便知道张尧佐这人并无真才实学，只是依仗自己是张贵妃的叔父，一年之内，从一个地方官员四次升迁，最终成为执掌全国经济大权的三司使。没想到，张尧佐为了一己之私，竟然滥用私权破坏科考制度，这不知道要寒了天下多少读书人的心！

当夜，包拯又暗自查了张尧佐的政绩，发现张尧佐在多次天灾中处理不当。张尧佐执掌经济大权后，更是经常慷国家之慨，动用国库钱财办利己之事，实在是破坏国家的章法。

朝堂之上的众位大臣也对张尧佐颇有不满，只是碍于张尧佐权能通天，没人敢弹劾罢了。包拯在心里叹了口气，自己既然身为大宋之臣，就理应行使职责，向皇帝上疏谏言。

第一次，包拯上疏弹劾张尧佐。整个朝堂为之震动。仁宗皇帝顾念张贵妃的情面，对包拯的弹劾置之不理。

第二次，包拯再次弹劾张尧佐。这次他动之以情、晓之以理，可是仁宗皇帝完全听不进去。

第三次、第四次、第五次，包拯弹劾张尧佐的奏折，依然是泥牛入海，音讯全无。

第六次，包拯联合唐介、张择行等官员群起弹劾张尧佐，可仁宗皇帝依旧下不了决心。

面对仁宗皇帝的坚持，包拯无奈，只好使出最后一张"王牌"——请求时任御史中丞的王举正向仁宗皇帝要求廷辩，当面向仁宗皇帝进谏。这是仁宗皇帝为改革吏治而给予言官的特权，仁宗皇帝无奈只好答应。

廷辩这天，包拯准备了长篇之论，在朝堂之上威严而立，大声说道："官家，张尧佐一年之内四次升迁，这不仅破坏了国之章典，损害了官家的威信，也损害了国家社稷的利益，是万万不可的！

"张尧佐身居高位，却不知为国家效力，为百姓谋福，只知一味中饱私囊，滥用职权，这样的人怎么能放任不管呢？"

…………

包拯越说越激动，措辞也越发尖锐起来。仁宗皇帝看着义正词严的包拯，知道这件事再也无法推脱，只好削去张尧佐宣徽使和景灵宫使两个职位才算了事。

包拯不畏权势，敢于据理力争，这种大无畏的精神，令朝堂众官钦佩不已。

三

包拯年近花甲之时，出任开封知府。

开封府有府吏六百余人，这些官员、属吏大多是朝廷官员的家族子弟或亲信，在衙门里挂个职务、混个资历，基本都是些懒惰不堪、疏于职守的人。他们知法犯法、欺压良善、贪污成风，根本没把包拯这个新来的知府放在眼里。

初来乍到，包拯并没有急于处置这些贪官污吏，而是默默排查整个开封府的情况。

包拯刚到开封府，便听到大街小巷的孩童们唱着歌谣："衙门口朝南开，有理没钱莫进来。"包拯听着心里疑惑不已，意识到其中必有缘由。于是，这天一大清早，包拯换上便服，准备与师爷一起去民间走访。谁知，他刚刚走出大门，就被一位老员外拉到了一边。老员外并不认得包拯，他从怀里拿出一些银钱塞到包拯手里。

"大人，我看您刚刚从开封府大门走出来，想必是在府内当差。您能否通融通融，替我女婿将申冤的状纸递上去？"

"你女婿有何冤屈？"

老员外将角落里的一位年轻人唤来，说道："我女婿叫刘安。几年前，他的父母双亲先后去世。他的叔父便设计将他的合同文书骗走，霸占了原属于他的那份财产。"

"既是如此，为何不直接去公堂递交诉状？"

老员外将包拯上上下下打量了一番："您是刚来的吧？"

包拯点点头，师爷便将开封府的事情一五一十地如实禀告包拯："您有所不知，开封府有个不成文的规定，百姓到府衙告状，不能直接到公堂向知府递交诉状，而是要由牌司传递。百姓为了自己的诉状能够递上去，只有花钱贿赂他们，否则就无法告状。唉，就因为这个规定，不知制造了多少冤假错案，实在让人心痛啊！"

包拯听完，当即挥手宣布："衙门是为百姓办事的，这样的规定早该废除了。从今以后，打开府门，允许告状的百姓直接走上大堂，当面向知府递交诉状，言明案情……"

第二天一早，包拯便亲自将开封府大门敞开，老员外、刘安和刘安叔父当堂对质，各陈案情。包拯英明决断，帮刘安夺回了原属于他的财产。

包拯对诉讼制度的改革深得民心，开封百姓都对此盛赞不已。他在开封府任职只有短短一年的时间，却将众人眼中"老大难"的开封府，治理得井井有条。他坚决抑制开封府府吏的骄横之势，敢于惩治权贵们的不法行为，及时惩办无赖刁民，令这些扰乱当地风气的"破坏分子"再也不敢肆意妄为。压在百姓头上的大小"山头"，终于被清除了……包拯去世后，开封的百姓非常怀念这位大公无私的清官，便在开封府府衙旁修建了一座包公祠，供后人瞻仰。

包拯廉洁公正，不畏权贵，铁面无私，英明决断，敢于替百姓申不平、纠不公，赢得了"包青天""包公"的美誉。

回望历史人物

包拯（999—1062），字希仁，庐州合肥（今属安徽）人。北宋名臣，有《包孝肃奏议》传世。

包拯廉洁公正、立朝刚毅、不畏权贵，铁面无私，且英明决断，敢于替百姓申不平，故有"包青天""包公"的美名。

追问我的行动

包拯断讼执法明敏正直，刚正不阿。他的名字，成为清廉的象征。虽然我们不可能人人都成为"包青天"，但我们人人都可以明辨是非，具有规则和法律意识，自觉捍卫规则。请思考以下问题：

● 你是不是一个遵守规则的人呢？在生活中，你必须遵守哪些规则？你是怎样做到自觉遵守这些规则的？

　请写下说写"凤头"的关键词：

● 当别人都不遵守规则，甚至破坏规则时，你又是怎样自觉捍卫规则的呢？

　请写下说写"猪肚"的关键词：

● 从那以后，别人是怎样看待你的？你又有怎样的收获呢？

　请写下说写"豹尾"的关键词：

根据你所写出的关键词，尽情说出你的心声吧。

请以书面语言进行口头表达，你就说写出了一篇题为《捍卫规则》的文章，留下了一次向历史人物学习的成长烙印。

单元拓展

　　亲爱的伙伴，本单元的内容，是希望你能明辨是非，具有规则与法治意识，积极履行公民义务，理性行使公民权利。

　　在本单元中，你最喜欢哪个人物？对于这个人物，你还有什么想法呢？请你写出关键词，连线画出导图，让你的记忆更深刻、思考更深入、说写更精彩吧！

六

◎ 崇尚自由平等，维护社会公平正义

自由和平等、公平与正义，是文明的注解，是人类永远的追求。

在历史上的每一个时代，在全世界的每一个国家，人类文明都在努力朝着这个方向不断靠近，靠近，再靠近。

生命的接力棒已经交到了你的手中，接下来，你准备如何奔跑？

黄宗羲
铁笔下的先声

水色浊黄，漫上了台阶。草叶、浮沫和死去的昆虫，都漂浮在水面上。

黄宗羲和学生们站在水中，一个接一个传递着水桶、木盆，忙着将书院里的积水排出去。所有人的脚都被泡得发白。

感于时局动荡，恢复明朝的希望日益渺茫，黄宗羲回到故乡余姚，打算好好侍奉年迈的母亲，同时兴办书院，将余生投入著书立说和讲学中。可回来才一年，就赶上了特大洪灾。

这年八月，天气异常酷热。开封府一带，黄河堤坝决口，浩浩汤汤的黄河水，以排山倒海之势汹涌而来。洪水淹没了开封府，城内被淹死的人不计其数，城外也无完好之地。百姓惶恐至极，哀鸿遍野。

江汉平原、四川、浙江、安徽等地，都没有逃过水灾的魔爪。而距离开封府千里之遥的余姚，也未能幸免。洪水无法下泄，导致穿余姚城而过的浙东大运河河水暴涨，没过了地面，久久不能退去。

一连数天，黄宗羲和学生都在忙着搬书、堵水、舀水。如果大水继续上涨，漫进书房，那满屋的书籍就要遭殃了。

有学生担心黄宗羲太过劳累，劝他："先生，您年纪大了，这种体力活就交给我们来干吧。"

黄宗羲摇摇头说："不可，书院是我们共同学习的地方，老师和学生都

◀《春山泛舟图》局部/
元/胡廷晖

此图是元代画工胡廷晖所作。画作构图繁密，欣赏时仿佛置身于崇山峻岭之中，徜徉在林山云海之间。巍峨的高山之下，三两人泛舟水上，平添了几分悠然。

要尽心尽力去维护，你们不用担心我。"

"唉，也不知这洪水什么时候能退下去，地势低洼处的庄稼怕是熬不过去了。"一名学生担心地说道。

"我们这里还不错呢，没有人伤亡，听说北方有很多难民往咱们南方而来，估计用不了多久，咱们余姚就要有难民了。"

黄宗羲听到学生们的对话，回想起自己经历过的灾荒年月。那时，各地因旱灾、涝灾导致田地里颗粒无收，百姓只能靠嚼树皮、吃树根来度日。好在南方地区温度高、光照强，农作物可以达到一年两三熟，很快就可以熬过这场洪灾。

"大家不用过分担心，遇上如此大灾，朝廷不会坐视不管，定会采取措施救济灾民的。"黄宗羲对学生们说道，但他心里还是对这场大规模的天灾深感忧虑。

事态发展得远比黄宗羲和学生们预想的快，仅仅过了半个月，余姚的水势才刚刚平复，一大批难民就出现了。

难民们拖着疲惫的身体，衣衫褴褛，拖家带口，相互扶持着，或者推着装着全部家当的小车，沿街想要讨一点吃的，寻一个能安身的地方。还有很多抱着孩子的妇女在医馆门前徘徊，恳求大夫能医治她们生病发烧的孩子。

这日，黄宗羲和学生们正在书院中照顾几位受伤的灾民，一名学生慌慌张张地跑进来，说："先生，外面有难民发生暴乱了。"

黄宗羲连忙赶到书院外，只见一大批官兵正挥舞着手中的棍棒镇压难民，其中几个带头的难民已经被捆绑起来，四周围满了人，有看热闹的当地人，还有不少来自各地的难民。

原来，这都是一口粥惹的祸。

官府搭建的简易围棚，根本不够那么多难民居住。人数超出一定数量后，官兵们就开始往外驱逐难民，说是赈灾款和赈灾粮食有限。难民们眼见难有活路，便奋起反抗。

黄宗羲马上停课，拿出家中食物分发给灾民，还组织懂医术的学生给灾民看病。黄宗羲又写信给曾经同朝为官的朋友们，详细描述灾情，希望他们能奏请朝廷，积极赈灾。

就在大家苦苦等待朝廷救助的时候，从宁波府衙传来一个好消息：知州常大人开仓放粮了。

一时间，难民像潮水一样涌向宁波。在常大人的安顿下，难民逐渐安定下来，准备等待洪灾过后，回到家乡重建家园。

可是，紧接着，一个坏消息传来：常大人根本没有上奏朝廷，而是私自开仓放粮，朝廷已经派人将常大人押回京城治罪。

也有人说，常大人之所以来到宁波出任知州，就是因为他为人正直，得罪了皇上，才从京城被贬到此地……

激烈的社会矛盾和真切的生活冲突，成为黄宗羲思考的土壤，成为孕育新思想的温床。

"天下为主，君为客"，以"天下之法"取代皇帝的"一家之法"，从而限制君权，保证百姓的基本权利……

黄宗羲的一篇篇文章，饱含着一个启蒙思想家的远见卓识，有如一把把利剑，直指封建制度的核心。

黄宗羲的这些思想和主张，很快就在学子间广为流传。他不仅学识渊博、气节铮铮，而且教学有方、思想开明、富于活力，在年轻人中有很大的影响力。因此，他声名远扬，在全国各地有很多追随者。书院扩建之后，很多浙东学子踊跃投学。

此后，黄宗羲又在宁波、海宁等地举办集会，宣扬他的思想，希望通过加强法治和舆论来限制君权。

黄宗羲从为官的朋友那里打听到常大人的消息，得知他被贬到了偏远的岭南做县令。他特意托人捎去信件，向常大人表达了自己的敬佩之情，也感谢他给百姓带来希望。

黄宗羲时常对学生们说："要让人们感受到希望。尽管国家还有很多问题，还不够富强，但是整体是向上走的。要让人们每天早上起来，都有一种新的一天的感觉，这一点非常重要。"

三

黄宗羲用他积极向上的精神，影响了大批年轻学子。康熙十五年（1676年），已经六十多岁的黄宗羲还在各地奔走讲学。

这年五月，他应海宁知县许三礼的邀请，来到海宁讲学。

一天傍晚，黄宗羲吃过晚饭，在学生的陪同下到河边散步。他们发现很多百姓聚在河边拜龙王，祈求龙王息怒，不要发大水，还往河里扔下活牛献给龙王。黄宗羲对这种陋习十分排斥，忍不住上前劝说，但百姓却充耳不闻，迷信程度可见一斑。

在那之后，黄宗羲开始关注封建迷信的社会问题，写出了《破邪论》，提出必须破除迷信、革除陋习的主张，并运用气化论逐一揭露迷信的虚妄性。渐渐地，统治阶级意识到迷信和陋习对社会政治、经济的不良影响，制定了一系列政策来压制民间迷信之风，同时倡导以科学为本，用理性的思维处事生活。

黄宗羲一生反对封建君主专制、反对封建迷信，致力于维护社会公平正义；同时又崇尚自由平等、崇尚科学。临终前，他写下《梨洲末命》一文，叮嘱亲朋：墓穴中"不可用纸块钱串一毫入之"，家人祭扫时"不可杀羊"，来吊唁的亲友所赠银两、纸烛一概谢绝，好友如能在墓旁种五株梅树，则感激不尽……

黄宗羲身体力行，一反中国自古以来崇尚的厚葬习俗，大胆破除陈腐的传统观念，展现出了非凡胆识和宽阔胸襟。他以独立的姿态，将崇尚自由、破除迷信的信念坚持到底。

在黄宗羲的名字后面，有着一串长长的头衔：经学家、史学家、思想家、地理学家、天文历算学家、教育家……黄宗羲一生的著作，分为史学、经学、地理、律历、数学、诗文等，有五十余种、三百多卷。

在一个有着千年专制传统的国家，黄宗羲以理论开启了新的思潮，为近代改良派和革命派提供了锐利的思想武器。他的铁笔宏文，唤醒了民众，是思想改革的先声，是破晓的第一声号角，直至今天仍然余音袅袅，在中华大地上萦绕……

新孩子说写

回望历史人物

黄宗羲（1610—1695），字太冲，一字德冰，号南雷，别号"梨洲先生"，浙江余姚人。明清之际思想家、史学家、教育家。

黄宗羲的政治主张抨击了封建君主专制制度，有极其重要的意义，对其后反专制斗争起到积极的推动作用。黄宗羲有"中国思想启蒙之父"之誉，知识渊博、思想深邃、著作宏富，一生著述有五十余种，三百多卷。

追问我的行动

黄宗羲的政治主张抨击了封建君主专制制度，对其后反专制斗争起到积极的推动作用；而且他还以高度的历史使命感和社会责任心，清醒地意识到世俗迷信和陋习对社会政治、经济的影响，提出必须破除迷信、革除陋习的主张，并运用气化论揭露迷信的虚妄性。他认为：只有崇尚自由平等、崇尚科学、破除迷信、革除陋习，才能真正地维护社会自由平等。请思考以下问题：

● 小到一间教室，大到整个社会，你认为怎样才能真正地维护自由平等？
  请写下说写"凤头"的关键词：

● 什么是真正的自由平等？怎样才能维护自由平等呢？哪些事实证明你提出的方法是合理有效的呢？
  请写下说写"猪肚"的关键词：

● 从以上的论述中，我们可以得出什么结论呢？
  请写下说写"豹尾"的关键词：

根据你所写出的关键词，尽情说出你的心声吧。

请以书面语言进行口头表达，你就说写出了一篇题为《维护自由平等》的文章，留下了一次向历史人物学习的成长烙印。

谭嗣同

去留肝胆两昆仑

哒哒哒哒哒……

血色黄昏，一骑飞奔。马蹄过处，腾起如烟的飞尘。

灰暗的村庄和城镇，是不断后撤的背景。茫茫大地上的一切仿佛都凝滞不动了，只有这一人一骑，飞一般往北而去。

若拉近去看，马上的人，才三十出头的年纪，身体结实健壮。他的脸棱角分明，浓眉之下一双深邃的眼睛，紧抿的嘴唇透露出一股执着和倔强。他不时地抬起头来，望向遥远的北方，眼神里蓄满直面风暴的勇毅之气。

他就是中国近代史上著名的"戊戌六君子"之一——谭嗣同。

谭嗣同出生于顺天府（今北京市），自幼勤奋好学，不仅饱读诗书，知识广博，而且尚武任侠，武艺高强。十岁时，他拜浏阳著名学者欧阳中鹄为师，受到民主思想和爱国主义的启蒙；后来又先后师从涂启先、刘人熙，系统学习中国古代典籍，深入研究王夫之、黄守羲等人的著作，汲取其中的民主性精华和唯物思想，同时广泛搜罗和阅读当时介绍西方科学、历史、地理、政治的书籍，不断丰富自己的学识。

十九岁时，谭嗣同离开家，只身游历河北、甘肃、新疆、陕西、河南、湖北、江西、江苏、安徽、浙江、山东、山西等地，足迹遍布大江南北。在这个过程中，他了解了各地的风土人情，结交了多位名士，眼见所到之处田园荒芜、市井萧条、百姓流离失所、官府残暴不仁，深感广大人民的

◀《瀑布》局部 / 近现代 / 傅抱石　　　　此图是"新山水画"代表画家傅抱石所作。画作于磅礴大气中见精微，于蓬勃生机中显率真。飞墨自由挥洒，将瀑布的动感之意表现得淋漓尽致，仿佛能听到其轰鸣之声。

疾苦，立下了救国救民的壮志。

神州沦落、生灵涂炭，中国到底该走向何方？怎样才能改变祖国的命运，拯救黎民百姓于水深火热之中呢？谭嗣同为此绞尽脑汁，夜不能寐。

公元 1895 年 5 月 2 日，北京发生了一件震动全国的大事件，康有为率同梁启超等一千多名举人，联名上书光绪帝，强烈反对清政府和日本签订的丧权辱国的《马关条约》，同时要求拒和、迁都、练兵、变法。由此，维新派正式登上历史舞台。

谭嗣同深受感触，开始逐渐接受维新思想，认识到必须对腐朽的封建专制制度实行改革，才能救亡图存。

于是，公元 1896 年 2 月，谭嗣同赶赴北京，结交了梁启超、翁同龢等人，更加坚定了变法救国之心。同年 7 月，谭嗣同在南京深思精进，开始撰写《仁学》。该书融哲学、宗教、科学于一炉，博采儒、释、道、墨等各家改革之长，同时广纳西方资产阶级自然科学、社会政治经济学说中的民主、自由、人权等变革之道，在此基础上自成一体，构建了中国变法的全新理论体系。

之后，谭嗣同更加积极地宣传科学。回到湖南之后，谭嗣同与唐才常等在维新派创办的时务学堂担任分教习，在教学中大力宣传变法革新理论，弘扬改制、平等、民权等学说。除此之外，他还倡导开矿山、修铁路，后来又创办南学会，办《湘报》，进一步抨击旧政，宣传变法，成为维新运动的激进派。

公元 1898 年 6 月 11 日，锐意进取的光绪帝颁布《定国是诏》，决定实施变法。同年 8 月，在翰林院侍读学士徐致靖的推荐下，谭嗣同被征召入京。

时局动荡，波诡云谲，谭嗣同深知这一去前途未卜，生死难料，但为了人民安乐和国家昌盛，他早已将自己的生死置之度外。

公元 1898 年 8 月 21 日，谭嗣同抱病抵京。9 月 5 日，光绪帝召见并破格赏赐谭嗣同、杨锐、林旭、刘光第四品卿衔，参与维新变法。

就在谭嗣同、康有为等维新派轰轰烈烈地大展拳脚，接连推出各项新政措施时，以慈禧太后为首的顽固保守派不甘失去既得利益，处心积虑要将维新派置于死地。他们先是想方设法撤免翁同龢，升荣禄为北洋大臣兼直隶总督，掌管京畿军队，然后密谋 10 月在天津阅兵时趁机发动政变，废掉光绪帝，取消新政。

听说这个消息之后，光绪帝惶急万分，连下两道密诏，召康有为、谭嗣同等维新派商议应对之策。维新派众人虽然一腔热血，但大多都是文弱书生，手中更无任何兵权，根本没有足够的经验和实力应对这样的局面，最后无可奈何之下，只能错误地将唯一的希望寄托在袁世凯身上。当时袁世凯在天津小站附近练兵，手下部卒有七八千人，武器也较为先进，战斗力不容小觑。

几经商量，谭嗣同义不容辞地担负起这个事关变法成败和光绪帝、维新派生死存亡的重任。

公元 1898 年 9 月的一个夜晚，趁着漆黑的夜色，谭嗣同孤身一人，悄悄来到袁世凯在北京的住所法华寺。两人见面之后，没有多余的寒暄问候，谭嗣同直奔主题。

"我们刚刚得到消息，太后与荣禄密谋在 10 月天津阅兵时发动政变，废黜皇帝，取消新政。"

袁世凯是李鸿章提拔的洋务派官僚，为人奸猾老辣，虽然也曾参加过康有为创办的强学会，但只不过是顺应变法维新的大势而无奈为之，更多的是为了做样子给光绪帝看。其实从内心深处来说，他还是更倾向于以慈禧太后为首的顽固保守派。

不过，袁世凯虽然心中作如此想，表面上却是丝毫不露。听了谭嗣同的话后，他装出一副惊疑的样子，皱着眉说道："这种传闻好似空穴来风，怎么可以相信呢？"

谭嗣同心急如焚，无暇细说消息的来源，只是着急地大声说道："现在普天之下能救皇上的，只有你一个人了。"不等袁世凯答话，谭嗣同又紧接着说道，"如果你愿意出兵勤王，保护变法，就请立即行动；如果你忍心眼睁睁地看着皇上被废黜，维新变法的努力付诸流水，可以现在就到太后那里去告发我们，立下大功一件，还能加官晋爵，享受荣华富贵。"

袁世凯被谭嗣同的咄咄逼人弄得心中不悦，但他素来狡诈，又怎会在这时打草惊蛇，只是心中冷笑一声，表面上却肃然道："你说的这是什么话？皇上是一国之主，是所有人共同拥戴的君主。我和你一样深受皇上的恩宠，现在情势危急，救护皇上并非你一个人的责任，我袁世凯亦是责无旁贷。好了，现在具体要我怎么做，你只管下令，我就算赴汤蹈火，也定不辱命！"

听了袁世凯这几句慷慨激昂的话，谭嗣同热血沸腾，心想："之前在商议对策时，还有人认为袁世凯这个人不值得信任和托付，现在看来，真是错怪他了！"当下，他再无任何疑虑，将光绪帝的密诏和维新派众人的详细谋划一一道出，最后说出对袁世凯的安排：将其部队一分为二，一半守住皇宫，保护光绪帝；一半围住颐和园，捉拿慈禧太后，消灭顽固保守派势力。

将维新派的计划了然于心后，袁世凯一边暗暗思量着下一步的行动，一边推托道："这个计划虽然很好，但现在我手上的粮械和子弹都不够充足，需要时间准备。按日子来算，只怕得等到天津阅兵时方能行事。"

"这怎么行？"谭嗣同听出了袁世凯话中的搪塞之意,声色俱厉地说,"我已经把我们的谋划都告诉你了,现在我们的命运已经连在了一起,生同生,死同死。如果你不马上给我一个最终的决定,我就死在你面前。"

袁世凯知道再也无法推托,当即假装一咬牙道:"依我看,与其现在没有准备,仓皇行事,不如等到天津阅兵时,请皇上找机会进入我的军营,然后当众下令,诛灭顽固保守派势力。到时我袁世凯必当舍生忘死,勤王锄奸。"

谭嗣同被他说动,思量片刻后点头同意,不过这件事毕竟关系重大,他当下又对袁世凯再三叮嘱不要泄露机密。袁世凯保证道:"我一回到天津就立即着手准备。到时先杀荣禄,之后立即举兵进京。"最后又胸有成竹地说,"请你尽管放心,皇上只要能进入我的军营,我们君臣齐心,杀荣禄易如反掌!"

至此,谭嗣同终于对袁世凯深信不疑,满意地告辞,回去后把消息告诉了光绪帝和康有为等人。

而他们不知道的是,谭嗣同前脚刚走,袁世凯马上把维新派的谋划报告给了荣禄,荣禄又密告慈禧。慈禧闻讯之后,火冒三丈,马上进行了相应的部署,之后很快赶回北京,借机软禁了光绪帝,由她自己"临朝训政",然后开始紧急部署,大肆搜捕、屠杀维新派人士。

三

一时间,大街小巷到处鸡飞狗跳,北京城笼罩在一片恐怖的血雨腥风之中。维新派人士有的被捕入狱,有的仓皇逃亡,局势惨不忍睹。

谭嗣同闻讯，对自己贸然深信袁世凯而导致现在的局面，感到愧疚、自责不已。他匆匆收拾好自己多年来所写的诗稿、书信，来到梁启超避难的日本使馆，对梁启超说："维新变法失败，皇上也被软禁，大势已去，现在我只求一死。请你带上我这些文稿，赶快去日本吧！"

"你为什么不走？"时间紧急，梁启超涨红了脸，急着说道，"留得青山在，不怕没柴烧啊！"

谭嗣同默默摇了摇头，然后坚定地说："没有舍生就死，如何酬报圣主？"

大侠王五也赶在搜捕的官兵之前到来，大声对谭嗣同说道："先生快走，我王五当以性命保你离去！"

但谭嗣同依然不为所动，只是强忍泪水，解下一直随身佩戴的宝剑，递给这位侠肝义胆的莫逆之交，说："你我相交多年，就以这把剑当作最后的纪念吧！"

王五含泪接过宝剑，仍不甘心，再劝谭嗣同逃走，另有许多人也都一起劝说，但谭嗣同心意已决，固辞之后，昂然说道："各国变法，无不从流血中获得成功，今日中国还未听说有因变法而流血牺牲的，这是国家不能昌盛的原因所在；要有，就从我谭嗣同开始！"

就这样，9月24日，谭嗣同被捕。在牢狱之中，他泰然自若，终日绕室而行，不时捡起地上的煤屑，在墙壁上挥舞作书。狱卒问他在干什么，他大笑着回答："写诗啊！"

即使身陷囹圄，自知死期将至，谭嗣同依旧心怀天下，眷念着祖国和身处水深火热中的人民，写下了慷慨激昂的《狱中题壁》：

> 望门投止思张俭，忍死须臾待杜根。
>
> 我自横刀向天笑，去留肝胆两昆仑。

9 月 28 日下午，愁云如盖，古老的北京城笼罩在一片昏黄的沙尘中。

宣武门外菜市口刑场上，竖着六根木桩，上面绑着碧血丹心的"戊戌六君子"。

他们是谭嗣同、刘光第、杨锐、林旭、康广仁、杨深秀。

台下，挤满了黑压压的人群。

监斩官下令行刑的那一刻，"戊戌六君子"不约而同地挺起胸膛，昂起头来，他们的脸上毫无惧色……

回想自己为国为民、为救亡图存而维新求变、披肝沥胆的短暂一生，谭嗣同豪气顿生，面对围观的上万民众，他高声喊道："有心杀贼，无力回天，死得其所，快哉快哉！"喊罢，纵声大笑，笑声回荡在天地间……

对于每一个普通人来说，生命都是无比可贵的。但为了理想、正义，为了自由、平等，为了社会的进步和天下苍生的幸福，漠漠人群中，必有那视死如归的勇士，以慷慨赴义来捍卫自己的理想。

谭嗣同的死，重于泰山。自他之后，无数青年以他为榜样，为中华之变革流血牺牲，从五四运动到新民主主义革命，最后终于迎来了新中国的诞生！

回望历史人物

　　谭嗣同（1865—1898），字复生，号壮飞，湖南浏阳人。清末维新派政治家、思想家。

　　其所著的《仁学》，是维新派的第一部哲学著作，也是中国近代思想史上的重要著作。公元1898年，谭嗣同参与领导戊戌变法，失败后被杀，为"戊戌六君子"之一。他留下的"我自横刀向天笑，去留肝胆两昆仑"成为经典。

追问我的行动

谭嗣同的"我自横刀向天笑，去留肝胆两昆仑"，是他崇尚自由平等，为推动社会进步而宁死不屈的写照！请思考以下问题：

● 有人认为生命都没有了，还哪来自由平等啊！对此，你持怎样的观点？

请写下说写"凤头"的关键词：

● 你认为个体生命的存在与崇尚自由平等是什么关系呢？为什么失去了个体的生命，崇尚自由平等的精神仍然存在呢？哪些事实能证明这一观点呢？哪些事实说明在不得已的情况下，失去了个体生命，崇尚自由平等的精神反而得以发扬光大呢？

请写下说写"猪肚"的关键词：

● 从以上的论述中，我们可以得出什么结论？我们应该怎样做，才是真正地崇尚自由平等呢？

请写下说写"豹尾"的关键词：

根据你所写出的关键词，尽情说出你的心声吧。

请以书面语言进行口头表达，你就说写出了一篇题为《生命都没有了，还会有自由平等吗？》的文章，留下了一次向历史人物学习的成长烙印。

单元拓展

亲爱的伙伴，本单元的内容，是希望你崇尚自由平等，能维护社会公平正义。

在本单元中，你最喜欢哪个人物？对于这个人物，你还有什么想法呢？请你写出关键词，连线画出导图，让你的记忆更深刻、思考更深入、说写更精彩吧！

七

热爱并尊重自然，以可持续发展的理念行动和生活

◎ 人类最大的朋友，就是大自然。面对这个朋友，和面对人类的任何朋友一样。

当我们热爱它、尊重它，当我们把这些真挚的情感落实到积极的行动之中，落实到日常生活之中，必然会与大自然和平共生，友好共赢。

陶弘景
山野万物皆为灵药

茅山上，一派绚烂的秋日景象。天高云淡，色彩斑斓。溪边的芦苇在风中轻盈地摇曳，林间飘落的枫叶像一簇簇小火苗。流水潺潺，演奏出一首别样的自然之曲。

山道上，走来一位风度翩翩的中年男子。他身穿白衣，骑着黑马，身后跟着几个挑着箱子的杂役。此人名叫陶弘景。前不久，陶弘景刚脱下朝服，挂在神虎门前，辞官而去。

他来茅山，是想建几间茅屋，隐居于此，纵情山水之间。

陶弘景微闭双眼，嘴角轻扬，享受着温暖的阳光洒满全身的舒适。忽然，一颗松果打到了他的胸口，陶弘景睁眼一看，原来是树上的一群猕猴，正在追逐一只毛色纯白的猕猴。陶弘景冲猕猴们吆喝一声，吸引了它们的注意力，白色猕猴便趁机逃走了。

陶弘景没有多想，继续向山里走去。翻过几道山梁之后，天气骤变。山中天气向来变化无常，刚才还艳阳高照，下一刻就能乌云压顶。

一行人赶紧寻了个山洞避雨，碰巧遇到了一老一少两位采药人。原来他们是一对祖孙，在附近的村子里开了一家草药铺，爷爷张老汉还是当地小有名气的大夫。因为有村民患了痢疾，已经到了出脓血的地步，他们祖孙俩特意上山寻找传说中的五色龙骨，好医治村民。

"五色龙骨？"陶弘景了解后惊诧地说道，"现在入药的龙骨无非是大象、犀牛等动物的骨头。世人都没有见过真龙，又从何谈起真的龙骨呢？老汉您还是想想别的方法吧。"

张老汉连连摇头，说："我看你也像是个读书人，你听说过《伤寒杂病论》

吗？那里面对龙骨可是有记载啊，说飞龙升天后，骨骼留在人间，就有了龙骨这味中药。老祖宗的医书总不会有错吧？"说完，还用一种恨铁不成钢的表情看了看陶弘景，又对身旁的孙子说道，"你可别忘记爷爷的话，只有苦读医书，博学强记，以后才能治病救人啊！"

陶弘景无奈地笑了笑，没有争辩，等到雨过天晴，便和那对祖孙分道扬镳了。

二

陶弘景在山中的生活非常简单，简单的茅屋、简单的家什、简单的饮食。陶弘景十分珍惜这一切。就算是山间取之不尽的泉水，他也十分珍惜，只用来饮用，洗衣则去小溪，绝不污染泉水。除此之外，陶弘景还很重视保护山林，为修建房屋砍伐树木后，他又在附近栽上新的松树。他喜欢松树，就连庭院里也种满了松树，每当听到山风吹过松间，沙沙作响，便欣然为乐。

一日，陶弘景正在林间散步，遇到五六个人正挥舞着铁锹挖坑掘土。

陶弘景走上前向一位老伯询问道："请问，你们是在挖什么啊？"

老伯说："我和儿子昨天上山采药，晚上回去得有些晚，发现这块地忽闪忽闪地冒白光，今天就赶紧喊人来挖开看看。"

陶弘景一听来了兴趣，也站在一旁看着。

不多久，一个人形的植物被挖了出来，头、面、臂、股清晰可辨，看分量有六七十斤重，大家谁也不知道这是个什么东西，有说它是旱地蚌壳，里面藏着珍珠的；有说它是树神的；还有说这恐怕是尊泥菩萨的。

"不对，不对。"老伯说，"据我观察，这个东西正是《吕氏春秋》中记

《葵石蛱蝶图》｜明｜戴进

此图是"浙派绘画"开山鼻祖戴进所作。画作刻画精细，画面近中线处盛开着一株花朵饱满的蜀葵，两只蝴蝶与蜀葵交相辉映，动静结合，匠心独运。

载的'王蓇'，是种名贵的中药啊。"

有人说："我看不是，王蓇怎么可能长这么大？而且形状还这么奇怪。"

大家纷纷猜测这个大家伙到底是什么。

陶弘景也不敢下定论，他赶紧回家翻找起古籍研究。可没过多久，山上挖出宝贝的消息便不胫而走。一时间，许多采药人、药商，甚至还有从外地赶来的百姓，全都拥到山上，挖起了宝贝。有药商说老

伯挖出来的不是王蓇，应该是《诗经》里提到的"果裸"，连样子都描述得有模有样，听起来十分可信。还有的说那是一种普通的折归根，只是长得大了些。

本来陶弘景怀疑挖出来的人形植物是种叫"栝楼"的东西，但是听大家的说法也都确凿有理，不禁怀疑起自己的看法。陶弘景做学问有个习惯，那就是"一事不知，深以为耻"。为了弄清楚事情的真相，他一头扎进了古籍里，从十多部医学著作中，寻找到与"王蓇""果裸""栝楼"有关的记载，发现它们其实是一种东西，只是因为生长地域以及年份的不同，导致形状、特性不尽相同。

陶弘景又想起小时候的一件事。有一次，陶弘景读到《诗经·小宛》

中的"螟蛉有子,蜾蠃负之。教诲尔子,式穀似之"几句时,心中很不以为然。

《诗经·旧注》中说蜾蠃有雄无雌,蜾蠃繁殖后代时,是由雄蜾蠃把螟蛉的幼虫衔回自己的窝里,叫那幼虫变成蜾蠃的样子,成为自己的后代。陶弘景认为《诗经·旧注》中的说法是错误的。为了证明,陶弘景先去查其他书,但其他书说的跟《诗经·旧注》中的一模一样。

这些书全是你抄我、我抄你,查书是查不出什么名堂的,我何不亲自去看个究竟呢!陶弘景想到这里,去找了一窝蜾蠃观察。

经过几天细心的观察,弘景终于发现,那螟蛉的幼虫并非用来变成蜾蠃的,而是蜾蠃衔来放在巢里,等自己产下的卵孵出幼虫时,作为幼虫的食物的。蜾蠃不但有雌的,而且有自己的后代。蜾蠃衔螟蛉幼虫作子之谜,就这样被陶弘景用调查研究的办法破解了。

一件件事在陶弘景的眼前闪过,包括那日在山洞避雨时遇到的张老汉,也是对书籍中的记载深信不疑,认为老祖宗的医术是不会有错的。陶弘景不禁感叹道:"不知这种想法要坑害多少行医之人,又会令多少病患得不到有效医治。"陶弘景下决心担负起将众多医书归类校订、去繁就简的重任,让更多百姓能够读懂医书,使医书发挥出最大的作用。

三

陶弘景找到开草药铺的张老汉,从他那里买了很多种自己需要的草药,回家后,将草药分门别类地整理好,再将能从书中查找到的相关记载全部整理出来,经过比对和试验后,发现了许多处错误。之后,他又跑到山上,耐心地向采药的人解释那个人形植物只是自然界里偶然诞生之物,至于它

会发光，是由于那片土壤里含有一种特殊的矿物质，遇到浓雾天气就会发光，并不是书中所记载的珍贵药材。他还劝大家不要再破坏山林了。

为了证明医书记载也会有错误，他还邀请大家到他家里，看他整理的资料和药材，一一解释。人们终于相信，各种医书之间也存在着相互矛盾的情况，草石不分、虫兽不辨，不可尽信。

张老汉也在其中，他听完陶弘景的讲解，说："早些年我也曾对一些医书中的记载有所怀疑，可是我没有像你一样认真钻研，仍然因循守旧……"说完，重重叹了口气。

"张伯，我打算将现在能找到的草本著作重新整理分类，订正错误，还希望您和大家能多多帮忙啊。"陶弘景真诚地说道。

"没问题！"张老汉痛快地答应道。

接下来，陶弘景并没有急于整理医书，而是先和大家一起研究起医治痢疾的药方。陶弘景仔细查看核对每一种药材，发现其中一味叫黄连的中药，与各部医书所记载的都有些出入。

"病人迟迟不见好转，很可能不是药方出错，而是药材出了问题。"陶弘景对张老汉说，"所以，你去寻找五色龙骨也没用。"

"那该如何是好？很多体弱的病人都没有康复，我们这些大夫也实在是没办法啊。"

"我试试看能不能找到真正的黄连，那可是治痢疾的良药。"

此时虽已是初冬，但山里气候温和，偶尔还有降雨，山中植物可以安然过冬。

陶弘景拿上刀，背好袋子，又带了些干粮和水，出发了。

走了大半天，陶弘景根据黄连多生长在山谷阴湿处的经验判断，不远处的背阴山谷应该有，可是一条不知深浅的河流挡住了他的去路。收获和风险并存，陶弘景没有犹豫，趟进了湍急的河流。走到河中间时，他一脚踩空，整个人倒在了深水里，不会水性的陶弘景很快就失去了意识。

等他再次醒来时，发现身边多了一只浑身纯白的猕猴，正满眼关切地望着他，陶弘景认出它就是自己当日进山时遇见的那只白猕猴。看着它湿漉漉的毛发，陶弘景立刻意识到是白猕猴救了自己。他笑着说："谢谢！"又从随身的袋子里拿出被水泡烂的干粮请白猕猴吃，白猕猴倒是一点儿也不客气，拿过来大口地吃起来。

陶弘景将袋子里的笔记拿出来晾晒，这是他整理的黄连资料。

突然，白猕猴扔掉手中的饼，拿起笔记看起来，看得非常认真。

"怎么，难道你能看懂不成？"陶弘景笑着问道。

白猕猴"吱吱吱"地叫着，还用手比画着。陶弘景收起笑容，跟随着白猕猴的脚步来到密林转角处，果然一大片黄连在迎风招展，陶弘景开心得欢呼起来。想不到当初自己无意间帮了一把白猕猴，它

竟会记在心里，这大概就是善待自然界一切生命的最好回报吧，陶弘景感觉心里像装进了一个太阳般温暖。

有了新鲜的黄连，陶弘景开始尝试熬制新的汤药，几经尝试，终于成功了，村民的痢疾被控制住了。

原来，大夫们的药方都没有错，只是所用药材有的年份不够，导致药效不足；有的用混了药材，比如错将中药千张纸当补骨脂使用了。这次经历更坚定了陶弘景要整理医书的决心。

随着陶弘景在茅山居住的时间越来越长，前来找他看病的人也越来越多。陶弘景本不是大夫，但因为他看的医书多，知道的药方多，很多人都相信他，愿意请教他。

陶弘景也借此机会将自己一向主张的顺应自然的生活理念传递给了更多人。

"这次有那么多人患上痢疾，就是因为人畜粪便污染了附近河流……"

"人生活在天地之间，要以天地自然为生存之源、发展之本。大自然最为慷慨，有取之不竭的宝藏。人可以依附大自然、利用大自然，更要好好保护自然……"

"我们要爱护、保护好养育我们的山水。保护山水，就是保护我们赖以生存的环境，就是保护我们自己。"

"只有人与自然和谐共生，我们才能拥有幸福而丰足的生活，我们的子孙也才能拥有幸福而丰足的生活……"

经过多年的研究和实践，陶弘景融会当时能找到的本草著作，整理成《神农本草经》《名医别录》；又在此基础上，进一步将两者融合为一体，加上自己的研究心得，著成《本草经集注》一书。书中，共收药物七百三十种。他一改传统的三品分类法，首创了沿用至今的药物分类方法，分玉石、草木、虫、兽、果、菜、米食等类别进行阐述，成为我国本草学发展史上的一座里程碑。

陶弘景从实际出发，在科学研究的道路上一直秉持实事求是的态度，提出了一些具有独创性的方法，如按药物治疗性质分类的"诸病通用药"分类法；在体例上，开创本草著作分总论、分论叙述的先河。

他一生热爱自然，亲近自然，了解自然，与自然和谐相处。他发自内心地尊重丰富多样的生命和自然界本身，注重保护环境，对后世产生了深远的影响。

回望历史人物

陶弘景（456—536），字通明，自号华阳隐居，谥号贞白先生，丹阳秣陵（今江苏南京）人。南朝齐梁时道教思想家、医学家。

陶弘景将当时所有的本草著作分别整理成《神农本草经》和《名医别录》，并进而将两者合而为一，加上个人的心得体会，著成《本草经集注》（原书已佚，现在仅存敦煌残卷），共收药物七百三十种；并首创沿用至今的药物分类方法，以玉石、草木、虫、兽、果、菜、米食分类，成为我国本草学发展史上的一座里程碑。

追问我的行动

有人说，热爱自然，亲近自然，了解自然，利用自然，与自然和谐相处，自然就会给予我们取之不尽、用之不竭的宝藏。请思考以下问题：

● 自然真的会给予我们取之不尽、用之不竭的宝藏吗？对此，你持怎样的观点？

　请写下说写"凤头"的关键词：

● 自然资源究竟会不会枯竭，你有哪些正反两方面的理由？哪些事实已经证明，即使是能再生的自然资源，也是会枯竭的？哪些事实证明，只要我们使用得当，与自然和谐相处，自然资源就能不断再生？

　请写下说写"猪肚"的关键词：

● 从以上的论述中，我们可以得出什么结论？我们应该怎样做，才能保证自然有我们取之不尽、用之不竭的宝藏？

　请写下说写"豹尾"的关键词：

根据你所写出的关键词，尽情说出你的心声吧。

请以书面语言进行口头表达，你就说写出了一篇题为《自然真的取之不尽、用之不竭吗？》的文章，留下了一次向历史人物学习的成长烙印。

刘安
一颗豆子的千变万化

幽静的山林里，淮南王刘安像往常一样，双手抚弄琴弦，*丝丝缕缕*的琴声随着翻飞的十指，倾泻而出。

这琴声时而沉郁、时而清幽、时而明快、时而旷远，令听者神思悠然，随琴音而跌宕……

一曲奏完，松树枝头冒出一个少年的脑袋。

少年浑身晒得黝黑，冲刘安咧嘴一笑，露出一口雪白的牙齿。

少年从树上跳下来，双手捧出一对鹿角，恭敬地递给刘安，说："这是去年夏至时，我在林子里捡的。它是我的宝贝，现在送给你吧。"

望着少年澄澈的双眼，刘安心里涌起一股股暖流。他喜欢在幽静之处弹琴，顺便研究天地之间的阴阳之道。少年长在山林，两人经常碰到，一来二去，便熟稔了。刘安弹琴，少年便安安静静地听着。如果时间充裕，刘安会教少年读书识字，少年也会给刘安讲些山林里有趣的事情。比如，入暑天气炎热时，蛇就会蜕皮；秋末冬初，天气寒冷时，蛇便会冬眠；月亮昏暗不明时，捕上来的河蚌肉就很少；把方诸这样的容器放在月光下，就会积出润泽的水……刘安对少年说的这些特别感兴趣，平日里他留心观察，果然如少年说的那样。在一日一日的观察中，刘安发现了许多藏在自然中的规律。

"上次，你说要给我看一个神奇的'法术'，今日能让我看看吗?"少年用手在刘安眼前晃了晃，试图把他的思绪拉回来。

刘安笑着摇摇头，说："我需要一个鸡蛋才可以。"

"没问题!"少年说完像阵风一样溜进了丛林中，不一会儿，他便气喘吁吁地跑回来，手里攥着两个野鸡蛋。

刘安望了望头顶上的太阳，现在已近晌午，阳光强烈，起了大风。他接过少年手中的一个鸡蛋，使劲摇了摇，再轻轻将鸡蛋磕出一个小口，倒净里面的汁液，又走到小溪边，把蛋壳在溪水里洗了洗。然后，刘安用小木棍轻轻敲了敲蛋壳，蛋壳上有了很多小裂纹。

少年在一旁跟上跟下，眼中满是好奇。他眼看着刘安掏出一个壶，把蛋壳放了进去，过了一会儿又掏出蛋壳，小心翼翼地剥掉了表面的硬壳，只留下一层白色的内膜。

接着，刘安从脚下薅了把干枯的艾草，放在一块青石上，又从怀里掏出阳隧调整好角度。不多一会，艾草猛地燃烧了起来，把少年吓了一跳。刘安笑了笑，不慌不忙地将燃烧的艾草放进蛋膜里。没过一会，蛋膜竟然向空中浮升而去。

"升起来了！升起来了！您这'法术'太神奇了，您莫不是真正的神仙吧？"少年惊呼道。

"哈哈，我可不是什么神仙，更不会什么法术。我是通过观察，发现万物之间存在着相互感应。长满羽毛的鸟类在天空中飞行，它应该归宿到阳；而身上长满了鳞片的龟蛇之类的动物，是在地下要冬眠的，它们属于阴。阳气是往上蹿的，阴气是往低处流的，所以属于阳类的鸟能够在高处飞翔，属于阴类的鱼只能在深渊中游荡。我正是利用了阳气上升这个道理，燃烧艾草产生阳气，进而让蛋壳上升。"

少年看了看那对鹿角，说道："那么，夏至时鹿角脱落，也和这个有关系吗？"

"当然，到了春季和夏季，野兽要换毛。冬至和夏至，麋和鹿之类的角就要脱落，它们都和自然节气之间是有关系的。所以，若人人都能尊重顺应自然，想必日子会越过越好。不急，这些事情，以后我再慢慢教你。"

少年摇摇头，脸上露出一丝苦笑："不知道还有没有来日，我要搬走了。最近毁林开荒的人太多了，祖父觉得不清静，所以我们要搬家了。"

刘安大吃一惊："春日里毁林开荒是违背自然规律的事情，怎么会有人这样做呢？他们在哪里，你能带我去看看吗？"

少年点点头，一头钻进林子里，在前面替刘安引路。

二

少年在林子里左拐右拐，刘安在后面紧紧跟着，不一会儿，刘安便听见伐木之声。

这些树木尚未成材，手腕粗的树干横七竖八地躺在地上，刘安看着不禁有些心痛。刘安想上前劝阻，可是已经来不及了。原来的林子外有一大片耕田，现在耕田面积扩大了一倍，几乎纵向曼延到了山脚。许多人在忙活着，砍树的砍树，烧荒的烧荒，犁地的犁地，忙得热火朝天，完全没有注意到刘安的到来。

"春季正是万物生长的季节，你们为何要毁林开荒呢？"刘安上前问道。

旁边的年轻人停下手中的活，说道："只因这两年，我们村子人口兴旺，粮食不够，我们才费这番工夫。至于林子嘛，还有这么一大片，砍掉一些又有什么要紧！"

刘安望了望周边的地形，原来这片耕田有林子护着，挡住了东面的青山。现如今，树木被砍光了，露出了潺潺的流水。刘安摇摇头，叹了口气："即使今年风调雨顺，恐怕也会影响你们的收成啊！"

听到刘安的话，周围干活的人都停下来，哈哈大笑起来。年轻人朝着刘安上下打量了一番，看他衣着华丽，谈吐不凡，料他不懂得耕田之事："先生估计不懂农耕之事，风调雨顺对庄稼有利无害，又怎么会影响收成呢？"

"我和你们打赌，你们今年收成反倒不如从前。"

年轻人看着刘安如此笃定，心里有些不快，但他仍旧礼貌地点点头："好，我与你打这个赌。秋收之日，我再与先生辩驳此事。"

这年春日果然多雨，进入夏季，更是接连几日瓢泼大雨。刘安站在窗前，望着茫茫雨幕沉思。雨后，刘安踏着泥泞径直来到山脚，老远就听见流水声。走近了一看，原来是山涧的水涨了起来，浑浊的河水裹着山上的沙石冲到了耕田里。庄稼被冲得七七八八，侥幸留下来的庄稼东倒西歪，即使水退去，今年的庄稼也保不住了。人们看着眼前的情景懊恼不已，那个年轻人更是捶胸顿足。

看见刘安来了，年轻人走过来，说："不必等到秋日，我与先生的打赌便有了分晓。只是，我们在此耕田，年年相安无事，怎么今年出现反常了呢？先生，你又是怎么预料到这一切的呢？"

刘安指了指南面的林子，语重心长地说道："先前，这里有树木阻挡住水流和沙石，所以你们的耕田平安无事。而如今，你们将这层天然屏障砍了，自然会遭此一难。天地之间，人、天、自然都是相互关联的，存在着千丝万缕的联系。我们万万不能只看眼前，不顾长远，去违背自然规律，伤害了自然，这是不可取的。"

年轻人听了刘安的一席话，顿感醍醐灌顶。他回头望了望耕田，叹息道："明年春季，我们一定重新种树，以后再也不敢这样了。只可惜今年，我们怕要遭殃了。"

刘安也叹了口气，他沉思片刻，说道："等水退去，不如补种些玉米、豆子来挽回损失吧。秋季，你们的粮食如果不够，可以到淮南王府找我。"

▶ 《荷塘翠鸟图》—近现代—高剑父

此图是"岭南画派"创始人之一的高剑父所作。画作以简练酣畅的笔墨勾画出生机勃勃的荷塘景色，构图饱满，笔墨酣畅淋漓、洒脱奔放，色调典雅，造型生动，虚实处理得当，耐人回味。

后来，刘安为保护淮南周遭的自然环境，制定了许多政策，希望百姓都能尊重自然、顺应自然，从而实现人与自然和谐发展。

秋天来了，年轻人按照刘安的指示，来到了淮南王府。不过，年轻人不是来求接济的，而是给刘安送了一大袋子的玉米、黄豆。

"多谢淮南王指点，今年玉米、豆子丰收，足以帮我们渡过难关。这些不值钱的粮食，请您尝尝鲜。"年轻人诚恳地说完，便反身回去了。秋收之季，还有许多事情要忙。

黄豆颗粒饱满，色泽金黄，再用山上珍珠泉的水，磨成豆浆，刘安每天早晚都要喝上一大碗。这天清早，刘安又端上一大碗豆浆，走到了丹炉旁。

平日闲暇之余，刘安爱好修道。最近，他一直在山上与八位仙公炼丹药。他在炉旁看炼丹看得出神，竟忘了手中端着的豆浆碗，手不小心一抖，豆浆泼到了炉旁供炼丹的一小块石膏上。不多时，那块石膏不见了，原本液体的豆浆却变成了一摊白生生、滑溜溜的固状物。

八公们尝了尝，觉得很是美味可口："这实在是人间美味呀。淮南王，您为何不多做些，让更多的人尝尝呢？"

刘安尝了一口，入口即化，果然鲜美可口。可是，这既然是吃的东西，便不能用炼丹的石膏做。于是，刘安开始尝试用别的材料代替。

刘安仔细研究了一下，他与八公们炼丹用的石膏，是用各种矿物质凝成的，一定是豆浆和这些矿物质发生了反应。那么，食材里有什么材料是含矿物质的呢？刘安将所有可搜集到的食材、佐料堆了一桌子，仔细观察了起来。最后，刘安将目光锁定在了食盐上。

食盐里一定含着矿物质，为何不用食盐试试呢？可是，刘安试了几次都没有成功。看来，盐的比例也是问题。经过多次尝试，刘安将盐放到水里煮成盐卤汁。

刘安将煮好的豆浆稍微凉一下，然后开始慢慢点卤。他每次缓慢分次加入卤汁，用勺子不停搅拌，直到豆浆变得黏稠浓厚。

看着豆浆慢慢凝固，刘安心里充满了成就感。他赶忙找块干净的布将它包裹好，然后放入带孔的容器中，又用开水煮了一刻钟。等稍微挤去些水分，刘安才小心地再次包好，压上重物。

半个时辰后，刘安打开布一看，里面的东西果然成形了，白白嫩嫩的，看着就叫人喜欢。刘安忍不住捏了一块放在嘴里，竟然比那日偶然做成的更鲜嫩些。刘安迫不及待地送去给八公们品尝，八公们个个赞不绝口。刘安给这东西取了个好听的名字——菽乳。

刘安把制成菽乳的方法告诉了那个年轻人，村子里的人纷纷效仿。

后来，人们将菽乳改称为"豆腐"。

慢慢地，周围的村镇都开始做豆腐，不但自己吃，还卖给慕名来的外地人，淮南成了名副其实的"豆腐之乡"。豆腐的发明让百姓的食物结构更加丰富、健康，因此，百姓也时常感念刘安的发明。

好书鼓琴的刘安，治理淮南时，倡行"无为而治"。他不走寻常路，不依循先法，不守旧章，而是遵循自然规律，制定了一系列轻徭薄赋、鼓励生产的政策，体恤百姓，善用人才，使淮南出现了国泰民安的祥和景象。他的绿色生活方式，也深深地感染和影响了当地的百姓，大大提升了当地百姓的生活水平，成为百姓心目中实行"雅政"、为民造福的好君主。

新孩子说写

回望历史人物

刘安（前179—前122），沛郡丰（今江苏丰县）人。西汉思想家、文学家。

他好书鼓琴，作《鸿烈》（即《淮南子》）二十一卷；《中篇》八卷，言神仙黄白之术，亦二十余万言；还著有《离骚传》。政治上主张"无为而治"，对"无为"做了新的解释，并提倡变古。他热爱并尊重自然，擅长在偶然的现象中探寻规律，并发明了豆腐这一食物。

追问我的行动

刘安发明豆腐的故事，带给我们的启示是：热爱并尊重自然，在偶然的现象中，去探寻规律，就能让我们的生活更快乐与幸福。请思考以下问题：

● 你喜欢用自然之中的什么材料来制作什么呢？这些材料是什么样子的呢？

请写下说写"凤头"的关键词：

● 在制作之前，你会准备哪些材料与工具？你是怎样制作的？每一步是怎样操作的？有哪些注意事项？

请写下说写"猪肚"的关键词：

● 你制作出来的成品是什么样子？带给你哪些快乐与幸福呢？

请写下说写"豹尾"的关键词：

根据你所写出的关键词，尽情说出你的心声吧。

请以书面语言进行口头表达，你就说写出了一篇题为《环保小制作》的文章，留下了一次向历史人物学习的成长烙印。

单元
拓展

亲爱的伙伴，本单元的内容，是希望你热爱并尊重自然，具有绿色生活方式和可持续发展理念及行动。

在本单元中，你最喜欢哪个人物？对于这个人物，你还有什么想法呢？请你写出关键词，连线画出导图，让你的记忆更深刻、思考更深入、说写更精彩吧！